AF203066

Angelina Sdunek

Das Mädchen ist die Droge

www.tredition.de

© 2021 Angelina Sdunek

Verlag und Druck:
tredition GmbH, Halenreie 40-44, 22359 Hamburg

ISBN
Paperback: 978-3-347-38488-0
e-Book: 978-3-347-38490-3

KAPITELÜBERSICHT

ERSTES KAPITEL

Visualisieren

Erster Gong.

Zweck wieder einmal nicht erfüllt!

Schulterlange Haare verknotet und zerzaust.

Alle Tage wieder; das raubt ihr den letzten Nerv.

Nach langer Überlegung, ob guter oder schlechter Dinge, fasse ich den Entschluss, erneut aufzustehen. Zurück zur Schule – zurück zum Alltag, dem jeder entfliehen will. Alles ist durchstrukturiert! Mittlerweile saß ich schon in der dritten Stunde: Englisch, das Fach, welches ich eigentlich mag. Heute nicht. Heute habe ich mich entschlossen, nicht guter Dinge zu sein!

Endlich Pause. Weg von skurrilen Situationen, denen jeder aus dem Weg gehen mag. Ich kann trotzdem lächeln! Warum bin ich so? – Gute Frage. Ich lag nichtsahnend im Bett, mein Wecker klingelte; ich weiß genau, wie es weitergeht. Denn ich weiß, dass ich weiß, dass ich nicht weiß, wie es weitergeht!

Mein bester Freund Jay Doran hat einmal gesagt, dass es manche Menschen gibt, die zu intelligent sind, um glücklich zu sein. Ich sage dazu nur:

„Völliger Schwachsinn!" – Was bildete er sich ein, über Leute zu urteilen. Er verurteilt nun genau jene, die dasselbe tun wie er; über Leute urteilen, deren Geschichten und Facetten man nicht einmal studieren kann. Ich sagte zu ihm damals bloß: „Es gibt viele gute Schauspieler." Dass ich eines Tages auch so eine sein würde, wusste ich nicht.

Mittlerweile waren wir beide 18 Jahre alt. Er ist zwei Monate älter als ich. Mit 16 fing er an, das erste Mal Gras zu rauchen. Ich habe versucht, ihn von seinem damaligen Tun abzuhalten. Hatte damals unbeobachtet selbst etwas genommen, um nachvollziehen zu können, wie es ist, einmal zu den Leuten zu gehören, welche man fürchtet. Fürchtet so zu wirken. Ich hatte ihm das Gras aus der Hand gerissen und in sicherer Obhut meinerseits gebracht! Hätte ich gewusst, dass mich dann die Polizei mit dem Gras erwischen würde, so hätte ich mich immer wieder dafür entschieden.

An diesem Tage sah ich Jay nicht mehr. Als ich meinen routinierten Alltag eigentlich nun abschließen wollte und um dieselbe Uhrzeit wie immer, mit denselben Sachen, derselben Bettwäsche, bekam ich eine Nachricht. Jay sagte mir ich hätte recht und er wäre dankbar für das, was ich getan hätte. Von meinem Aufenthalt auf der Polizeiwache wusste er bis zum jetzigen Zeitpunkt nichts.

Während ich im Verhörraum der Polizeiwache saß, erzählte ich der Polizei, ich hätte das Gras im Gebüsch gefunden und, dass dort schon öfter Drogen vertickt worden wären. Ich hätte noch so einiges erzählen können, dass ich im Haus „Am Samstag" (geheimer Treffpunkt aus der Vergangenheit von Jay Doran, Pamela Spires, Melissa MonTango und mir) glaubte jemanden gesehen zu haben. Im Endeffekt ist der gesamte Bereich am See abgesperrt, sodass ich, wenn ich es erzählt hätte, den Cops einen Anlass gegeben hätte, mir eine Strafanzeige zu stellen, denn ich war ebenfalls da gewesen. Das alles habe ich niemandem weitererzählt.

Als ich am nächsten Tag noch einmal zum Nachdenken in das Haus „Am Samstag" gehen wollte, flog mir ein Flyer entgegen. Es war ein normaler Zeitungsartikel. Ich hob ihn hoch, um ihn wegzuwerfen, doch leider kannte ich diesen Geruch, welcher an dem kleinen Stück Papier haftete.

Melissa MonTango und ich waren damals noch gute Freunde. Wir sind einmal in eine abgesperrte kleine Parfümerie eingebrochen - wieso sie überhaupt lahmgelegt worden war, wusste ich derzeit nicht. Das alles hatte mich auch prinzipiell nicht mehr interessiert. Leider kam die Erinnerung hoch. Ich lief in unser altes Haus „Am Samstag".

Schon im Unterricht hatte mich Mr. Morio gefragt, ob mit mir alles in Ordnung sei. Allein das hatte mich verwundert, denn prinzipiell war Mr. Morio nicht der einfühlsame Kerl, so folgte eine emotionale Auseinandersetzung mit meiner eigenen Person. Ich persönlich habe schon die ein oder andere Hypothese aufgestellt, beispielsweise, dass er mit seiner alten Schulzeit nicht zufrieden war und niemals darüber hinweggekommen sei. Deshalb zerstört er nun das Schulleben der anderen, da er Rache an seiner Schulzeit und an seinen Lehrern nehmen wollen würde. Manche liegen mittlerweile schon einen Meter tief unter der Erde. Das hatte er wohl verdrängt.

Zwei Stunden danach. Es folgte die Mittagspause. Ich ging, aber ich wusste nicht genau, wo ich war. Dann fiel mir zum ersten Mal auf, dass ich gar nicht zum Klassenzimmerfenster von Mrs. Bain hinaufgesehen habe, wie ich immer geglaubt hatte.

War ich schon immer so, so unaufmerksam? Ich erinnerte mich an den Tag zurück, an dem Mrs. Bain in all den Jahren, in denen wir sie schon kannten, eine Geschichte aus ihrem Leben erzählte. Die Geschichte war zugegebener Maßen nicht sehr spannend und keineswegs ansprechend, trotzdem hörten ihr alle aufmerksam zu.

Genug gerannt, genug über die damaligen Geschehnisse nachgedacht. Endlich bin ich da. Ich habe sofort gemerkt, dass mir dieser seltsame Geruch nicht mehr aus der Nase gehen würde.

Das war genau das Blöde. Das war genau die Nacht, in der Jay zum ersten Mal Drogen konsumiert hatte, ich auch! Um genau zu sein war ich auf Speed. Schreckliche Schuldgefühle plagen mich seitdem immer noch. Plötzlich wusste ich nichts mehr – nicht einmal mehr, wie Melissa dazugekommen war. Wie sind wir in die Parfümerie eingedrungen? Diese absolut skurrile Frage stellte ich mir, obwohl sie in keinster Weise mit dem Vorfall des Drogenkonsums zu tun hatte. Ich weiß es nicht; ob ich es wissen will, das weiß ich auch nicht. Als ich dann am Abend so spät zu Hause war, wurde ich im Anschluss für eine Woche in den Entzug geschickt. Das wusste ich auch. Auch wenn ich momentan nicht viel weiß, weiß ich doch, dass meine Entscheidungen immer auf denselben Leitgedanken zurückfallen:

„Love it, change it or leave it "

- *„Henry Ford"*

Seit dem Abend hatte ich nie wieder das Bedürfnis, auf Speed zu sein! Eins plagte mich jedoch immer noch: Melissa hatte an dem Abend die Drogen für mich und Jay besorgt. Woher, das weiß ich nicht. Sie roch genauso, das wusste ich. Dieses Gefühl, welches ich nie wieder verspüren wollte, ist jenes, dass unsere Freundschaft auf fragwürdige Weise zerstörte. Den Auslöser kannte ich nicht mehr.

Ich rannte so schnell wie nie. Weit weg. Weit weg von diesem Ort, aber den Zeitungspapierschnipsel steckte ich mir ein. Bei näherer Betrachtung fiel mir auf, dass die Adresse der alten Parfümerie auf dem Zettel stand. Ich konnte nicht mehr schlucken. Ich war durch einen Waldweg vorsichtig nach Hause gelaufen. Heute hatte es nicht geregnet, zum Glück, denn ich hatte weiße Turnschuhe an. Der riesige Ärger hätte mich sonst schon erwartet, wenn diese Schuhe dreckig geworden wären. Diese habe ich mir ohnehin schon ohne Erlaubnis zu Gute kommen lassen.

Zwei Bäume rechts, fünf Bäume links – ich wusste, wo ich war. Die alte Parfümerie. Ich wusste nicht, wie ich mein Pfefferspray zu Hause auf der Theke neben meinem flauschigen, kuscheligen Bett liegen lassen konnte. Ach ja, mein Bett – wie gerne läge ich jetzt dort. Wieder einmal um dieselbe Uhrzeit, Valium Tabletten habe ich eingenommen.

In meinem Wahn schrieb ich eine der unübersichtlichsten Nachrichten, die ich je geschrieben hatte:

„… egal, was ich jemals sagte, was ich jemals dachte und niemals denken wollte, was ich mir niemals erlaubt habe zu denken … Danke :)"

Nach solch einer verwirrten Nachricht war das einzig Klare, was in dieser Nachricht stand, das

„S.O.S!"

Ich wusste selbst nicht, was dies zu bedeuten hatte. War es einfach nur eine Reaktion, welche ich aus meiner völligen Not verfasst hatte, oder hatte es mehr zu bedeuten? – Dem war ich mir schon längst bewusst, doch wollte ich es mir nicht eingestehen.

Ich wusste, dass diese drei Buchstaben Jay dazu veranlassen würden, sich seinen roten Regenmantel überzuziehen und so schnell wie möglich zu mir zu eilen. So war es auch: Nach gefühlten zwei Sekunden stand er schon auf der Matte und das um 23:00 Uhr am Abend! Als er mich fragte was los sei, nahm ich ihn rasch in die Arme, welche nicht einmal um seinen kompletten Brustkorb fassen konnten und flüsterte ihm zu: „Ich habe dich vermisst ..."

Er lachte, aber ich konnte ganz genau sehen, dass er genervt war, da ich ihn bei seiner täglichen Lieblingssendung „Daddy breaks out" gestört hatte. Das war mir trotz der ganzen Umstände nicht egal gewesen. Ich suchte vergeblich nach einer Notlüge, die ich mir mit Sicherheit nie wieder verzeihen könne. Wir ließen den Abend noch ein wenig ausklingen und haben uns wie ein altes Ehepaar auf das Sofa gefläzt und uns alte Schwarz-Weiß-Filme angesehen.

Zweiter Gong.

Dieses Mal hat der Wecker seine Aufgabe gut erfüllt, aber je lauter der Wecker wurde, desto leiser wurde ich. Ich wusste nicht wie mir geschah. Was war damals passiert? Es gab eine Möglichkeit das herauszufinden, um mein schwarzes Loch mit Leben zu füllen.

Zwei Minuten lang ging ich meinen durchstrukturierten und durchorganisierten Plan, wie ich mit Melissa reden könnte, durch. Es fühlte sich wie qualvolle Stunden an. Wir hatten genau ein Fach zusammen: Biologie bei Mr. Morio.

Sie war ebenfalls so routiniert wie ich. Ich wusste vielleicht nicht viel über sie, nicht mehr so viel, aber wo sie gerne sitzt, das war ganz vorne – das wusste ich. Ich zögerte nicht lange und ging sofort zu Beginn der Stunde zu ihr und fragte, ob ich mich neben sie setzen dürfe. Auf einmal warf sie mir diesen bitchigen Blick, über den wir uns früher lustig gemacht haben, zu.

Sie sagte nicht explizit nein, das reichte mir als Antwort, mich zu ihr zu setzen. Nach circa einer halben Stunde schob ich ihr einen Zettel mit einer Aufschrift zu:

„Was ist damals in der Nacht, in der wir uns entfremdet haben, passiert?"

Ihre Mimik veränderte sich: Von dem ach so fröhlichen Mädchen, dessen Mundwinkel sich normalerweise immer zu einem Lächeln verzogen, so, wie man Melissa kannte, zu einem entgeisterten Blick – ihre Mundwinkel sanken mit Übergeschwindigkeit herab. Ihr Blick verriet eines: *„Sorry, dass ich dir das angetan hab."*

Ihre Hände fingen an zu zittern. Sie rannte aus dem Klassenzimmer. Unvermutet schnürte es mir fast die Kehle zu, ich bekam Gänsehaut und ein eiskalter Wind war plötzlich in meinem Nacken zu spüren. Ich konnte es nicht ertragen sie so zu sehen, also entschloss ich mich, mich persönlich mit Mrs. Bain über die geschehene Situation zu unterhalten. Ich wusste es würde nicht einfach werden, aber dass ich die Dinge dadurch nur noch weiter verkomplizieren würde, hätte ich niemals gedacht.

Dies erwies sich zu der Zeit als monomentaler Fehler für meine Psyche.

_____ *Nach Ende der*

Stunde _____

Als ich mein mit Tränen übergossenes Gesicht berührte, stellte ich fest, dass ich aus meinem Augenwinkel Melissa aus dem Klassenzimmer von Mrs. Bain kommen sah. Ich flehte sie an, mir eine Minute lang zuzuhören. Als ich ihr das Geschehen in Mr. Morio's Unterricht schilderte, bat sie mich noch einen Moment zu bleiben. Sie bat mich, niemandem etwas davon zu erzählen und dass, obwohl sie als Vertrauenslehrerin unter Schweigepflicht stand! Sie teilte es mir zum Schutz von Melissa mit – zumindest behauptete sie das.

Ich wusste nicht, was sich verändert hatte, doch ab diesem Zeitpunkt sah ich, wie starr ihr Gesicht wurde. Sie meinte, sie könne mir bloß die wichtigsten Informationen geben. Das Einzige, was sie sagen konnte, war mit zittriger Stimme: „Mr. Morio …"

In meinem Kopf drehte sich alles. Ich verlor meine Orientierung – dabei wusste ich, dass er nie besonders einfühlsam war. Was hätte er denn bitte tun können, um Melissa so den Kopf zu verdrehen?

Jay bin ich den ganzen Tag noch nicht begegnet. Ich denke mal er sitzt im Lernzentrum unserer Schule und recherchiert wieder über alte,

lahmgelegte Fabriken. Er schätzte so etwas –
Architektur.

Ich öffnete die Augen – ich lag in einem
ungewohnten Bett, in einer ungewohnten
Umgebung. Ich sah künstliches Licht. Der
einzige Gedanke, der mir ins Gedächtnis schoss,
war, ob Jay auch dort war. Mein Blick erstarrte
und ich wusste nicht, was ich mir selbst zu
antworten wagen sollte! Ohne viel darüber
nachzudenken, öffneten sich plötzlich meine
Lippen, ohne mein Wissen: „Wo bin ich?"

___*PIEP*___*PIEP*___*PIEP*___

„Haben Sie keine Angst. Sie sind im
Krankenhaus.", ertönte eine beruhigende, sanfte

Stimme aus unbestimmter Richtung. Als ich mich umschaute sah ich im Bett neben mir eine ältere Dame. Von ihr stammten wohl die in diesem Moment recht beruhigenden Worte. Ich stellte mich vor; doch ich wollte unverzüglich mit dem Oberarzt sprechen, also stand ich auf und ging zur Schwesternkanzel. Sie erklärten mir in aller Ruhe was geschehen war. Demnach bekam ich einen Ohnmachtsanfall in der Schule und wurde dann zur Sicherheit in die Notaufnahme gebracht, dort stellten sie eine mittelschwere Kopfverletzung fest. Ich fragte sofort, wo meine Eltern seien und wer mich hergebracht habe.

„Deine Eltern sind in der Cafeteria und wollten sich gerade eine kleine Erfrischung holen. Dich hat eine deiner Lehrerinnen hierhergebracht, da sie es für angemessen hielt."

Mein Kopf tat weh, aber das hatte ich erst später wahrgenommen. Als mir klar war, was passiert ist, legte ich mich zurück in mein Patientenbett. Eine Sache fehlte – und ich meine nicht die Erinnerung an die damalige Zeit. Ich meinte mein Handy!

Als meine Eltern mein Zimmer erneut betraten, fragte ich voller Unsicherheit und Gewissensbisse, ob wir nicht einfach gehen und vergessen könnten, was passiert sei. Das wäre mir lieb gewesen, doch das war nicht im Ermessen meiner Eltern. Sie machten sich Sorgen; berechtigt machten sie sich Sorgen um mich.

Insgesamt eine Woche musste ich im Krankenhaus bleiben. Während des Aufenthalts hatte ich viel Zeit zum Nachdenken. Meine Jacke, ich hatte sie nicht gewechselt seit meiner

Einlieferung, der Zeitungspapierschnipsel – er müsste noch in der Innentasche meiner Jacke sein.

Als die Besuchszeiten vorüber waren fasste ich die Geschehnisse, welche ich innerhalb kürzester Zeit gesammelt habe, zusammen. Ich stand auf, schlüpfte in meine Pantoffeln und ging zum Schrank, ich wühlte in meiner Jackentasche und ging zum Bad. Ich wollte keine große Sache daraus machen, die alte Dame war schon entlassen worden; trotzdem hatte ich das Gefühl, niemanden beunruhigen zu wollen. Doch wen wollte ich nicht beunruhigen? Mich selbst nicht? – Dafür war es schon längst zu spät.

Das war das erste Mal, dass ich mir den Zettel in meiner Hand aufmerksam durchzulesen versuchte. Leider stand nichts wirklich Interessantes drauf, so schien mir der Zettel nicht wertvoll und ich beschloss mir ein wenig Toilettenpapier zu nehmen, um den mir nicht wertvoll erschienen Zettel darin einzuhüllen und wegzuwerfen.

Das erzählte ich der Nachtschwester, denn in der Realität hatte mich die alte Dame schweißgebadet in meinem Bett schlafend aufgefunden und rief sofort die Schwester. Es war lediglich ein schlimmer Traum. Das einzig Gute an dem gesamten Vorfall war, dass ich achtzehn war. Meine Rechte und Pflichten kannte ich schon in der Grundschule sehr gut, so wusste ich, dass ich nicht verpflichtet war, dies meinen Eltern zu erzählen. Das wollte ich auch nicht, ich bat meine Eltern lediglich mir zu vertrauen. Das war der einzige Gedanke, um welchen meine restlichen kreisten.

Keine Zeit, um traurig zu sein! Ich wollte weinen, aber ich konnte nicht. Niemand ist zu kalt zum Weinen, wenn dann nur zu verwirrt und man käme mit seiner eigenen Reaktion, den Tränen nah zu sein, nicht klar. Ich bat meine Eltern lediglich, mein Handy vorbeizubringen! Ich wusste, ich brauchte Hilfe und ich wusste, ich werde mein Wissen an die Menschheit weitergeben. Ich werde anderen Menschen helfen!

So war die fünfte Nacht im Krankenhaus vorüber.

Jay kam mich nicht ein einziges Mal besuchen. Das war das, was mich an der Situation am meisten verunsicherte. Am sechsten Tag meines Aufenthaltes lauschte ich den mir bereits bekannten Krankenhausgeräuschen. Ein neues Geräusch tauchte auf, es war ein Klopfen an meiner Tür. Es war nicht das übliche Klopfen, welches aussagte: „Ich bin entschlossen durch diese Tür zu gehen und mit den darin liegenden Patienten zu reden." Das Klopfen klang eher als würde die Person nicht wissen, ob sie das mit voller Überlegung getan hatte.

Es hat jemand geklopft, also sagte ich: „Herein!"

Wie eigentlich schon erwartet, stand Melissa vor meiner Tür. Es fiel ihr sehr schwer, einen Satzanfang zu finden, das bemerkte ich sofort. Ebenso rasch wie ich dies bemerkte, bemerkte sie jedoch in welch einer Verfassung ich war.

Das Gespräch zwischen uns fiel ziemlich mau aus! Aber wir hatten mehr geredet, als ich mir je zu erträumen erlaubt hätte! Ab diesem Zeitpunkt wusste ich, dass ich Hilfe brauche, und diese ebenfalls annehmen musste, wie damals leider die Drogen.

Nach Melissas kurzem Aufenthalt, ging ich wieder mal zur Schwesternkanzel. Diesmal mit voller Überzeugung. Das war ich schon lange nicht mehr gewohnt. Großzügiger Weise gab mir eine der Schwestern eine Telefonnummer von einer ihr bereits bekannten Therapeutin. Als ich am 7. Tage nach Hause ging und so zum achten wieder in der Schule erschien, saß ich so da, schaute umher und dachte, wie blind doch alle wären.

ZWEITES KAPITEL

Veränderung

7 Stunden, also 315 Minuten, in denen ich nicht wusste, was ich denken mag. Sehnsüchtig wartete ich auf den Moment, in dem ich wie früher aufspringen und meine Arbeitsmaterialien in meine Tasche werfen konnte. Skurriler Weise war ich immer die Langsamste, obwohl ich das Gefühl hatte, relativ schnell eingepackt zu haben.

Ein Fuß vor den anderen. Ganz langsam. Augen bloß nach vorn gerichtet. Etwas änderte sich. Mein Blick schwenkte zu Mrs. Bain's Klassenzimmer rüber. Vor Unsicherheit formte sich meine Hand zu einer Faust, ich wollte nur sagen, es geht mir gut. Ich hatte eigentlich nicht viel mit ihr zu tun, ich hatte nicht mal richtigen Unterricht bei ihr, abgesehen von Vertretungsstunden. Ich weiß noch ganz genau ab wann ich anfing sie zu bewundern! Genau genommen hatte ich sie schon immer bewundert, aber ab diesem Zeitpunkt habe ich es wahrgenommen. Sie erzählte uns, dass sie schon in früheren Jahren auf die Straße gegangen war, um für die Frauenrechte zu kämpfen. Das erschien mir sehr weise und ich wollte mir ein Beispiel nehmen und so etwas verändern!

Ich muss erst für mich da sein, um für andere da sein zu können! Diese Erkenntnis folgt im Anschluss.

_____*Klopf* _____ *Klopf* _____

Ich habe geklopft! Wieso hatte ich das jetzt genau getan? Mein Mund öffnete sich und fand von alleine die Worte, welche ich für angemessen hielt: „Guten Tag, ich wollte mich für Ihre Fürsorglichkeit bedanken. Es geht mir schon besser. Danke!"

So war dieser Tag einer der weniger schlimmen. Ich wollte nichts falsch machen, ich musste ihr doch wenigstens dafür danken. Aus einem unerklärlichen Grund versuchte ich mich permanent gegenüber meinem Selbst zu rechtfertigen. Nach langer Überlegung beschloss ich, meinen gesamten Mut zu vereinen und die Nummer zu kontaktieren, welche ich von der Schwester im Krankenhaus erhalten hatte.

+49 174...3...9

Es meldete sich eine freundliche junge Dame, dessen Stimme sehr sanft und sehr vertraut wirkte. Anfangs war ich ziemlich skeptisch, doch hatte ich das Gefühl, dass sie verstand, worauf ich hinauswollte und das waren ja schon mal keine schlechten Aussichten diesbezüglich.

Es stellte sich im weiteren Verlauf heraus, dass, um eine spätere psychotherapeutische Behandlung zu ermöglichen, ein Sprechstundentermin erfolgen muss. In dieser besagten Sprechstunde würde ich eine Empfehlung für eine weitere Behandlung erhalten, sofern es nötig wäre.

Nach dem Gespräch ging es mir zugegebenermaßen etwas besser, da ich wusste, ich stehe mit meinem Problem nicht alleine vor einem riesigen Haufen Scheiße! Ich war guter Dinge und bereit, diesen steinigen Weg zu gehen, denn alles was ich möchte ist glücklich zu sein und anderen einmal weiterhelfen zu können, jenes weiß ich, das weiß ich ganz genau.

Die nächsten drei vergangenen Tage, hatte ich mich immer noch nicht dazu verpflichtet gefühlt, Jay zu erzählen was passiert ist. Ich sprach mit ihm sogar mehrfach am Tag, aber ich hatte das Gefühl, dass, um mein Ding durchziehen zu können, ich nun erstmal niemandem davon erzählen sollte. Dass diese Entscheidung nur auf mein Individuum abgestimmt ist, das wusste ich. Niemals hätte ich behaupten können, es wäre die einzig korrekte Entscheidung, welche man in solch einer Situation, in welcher ich steckte, treffen könne.

DRITTES KAPITEL

Typisierend

DRITTER GONG

Diesmal hatte nicht mein Wecker mir verholfen aufstehen zu können, es war mein Handy. Mein Handy hat sein Werk von Anfang an erfüllt. Ich entschloss mich, optimistisch zu bleiben, den ganzen Tag! Was bedeutet: alle 24 Stunden. Das ist für mich verdammt viel. Ich wusste, heute wäre ein etwas außergewöhnlicher Tag, es war der erste Tag von meinem großen Entschluss.

Zugegeben, ich kam mir schon ziemlich blöd vor, mit lautem Navi durch die City zu driven, aber ehe ich mich versah, war ich schon am Ziel. Ruckartig stolperte ich über eine kleine, schwer sichtbare Bordsteinkante, welche unter viel Moos fast komplett verdeckt war. Plötzlich machte ich mir Gedanken über meinen Gang. Sieht es seltsam aus, wie ich laufe? Ich muss aufpassen, es ist rutschig. Da war es nun, ich war noch nie so aufgeregt! Andererseits wusste ich nicht, warum ich so aufgeregt war, sie ist ein Mensch wie jeder andere auch, ich sollte dazu stehen und mit erhobenem Kopf durch diese Türe marschieren. So tat ich es.

Sie bat mich, noch einen Moment Platz zu nehmen, denn sie war gerade noch im Gespräch. Als sie die Türe wieder öffnete, sah ich ein kleines Mädchen, welches lächelnd aus ihrer Sitzung gegangen war. Ich sollte mehr wie dieses Mädchen sein und mich nicht so anstellen!

___ *Im Raum* ___

Meine Hände, schwitzig. Mein Hals, trocken und mein Magen leer, obwohl ich gerade noch eine halbe Peperoni Pizza in mich hineingestopft hatte. Hunger hatte ich keineswegs gehabt.

VIERTES KAPITEL

Aktiver Beginn des Arbeitsprozesses

Die Umgebung, sie war freundlich, bloß sehr fremd. Ihr Eingangsbereich war durch ein Namensschild, welches aus purem Holz mit feinen Schnitzereien bestand, geschmückt. Dieses wies diese Aufschrift auf: „Dr. Sullvran." Ich fragte mich von Anfang an, ob sie die richtige Therapeutin sei, ob ich noch andere ausprobieren müsse, was ich auch getan hätte. Ich hatte Glück! Innerhalb eines Bruchteils einer Sekunde war mir bewusst geworden, was es heißt die **richtige** Person auf Anhieb kennengelernt zu haben. Etwa 150 Minuten haben wir geredet. Worüber? Über das Leben. Sie hörte zu, ich hörte zu, gleichzeitig lachten wir. Ziemlich weird!

Natürlich wurden ernstzunehmende Themen besprochen, aber was mir essenziell aufgefallen war, ist das wir dennoch lachen konnten. Es war wie eine Motivation, auf die ich sehr, sehr lange zu warten schien! Ich bin bereit. Wir einigten uns auf insgesamt

5 Probesitzungen. So war die Aufregung in einem Bruchteil einer Sekunde vergessen, so wie sie auch entstand.

Den restlichen Tag hatte ich bloß noch Lust zu tanzen! Nach langem Hin und Her sah ich wieder einen Funken! Einen Funken, welcher nicht groß war. Das war mir in dem Moment egal. Ich wusste, sofern ich Erfolg haben würde, würde es mir besser gehen und ich könnte anderen etwas beibringen. Das ist der essenzielle Grund, warum ich tue was ich tue! Ich habe nicht eine Sekunde daran gezweifelt, auch wenn es tausend Gründe gab, wovor ich Angst haben könnte. Die Angst bewahrt uns davor, etwas Dummes zu tun, aber wer wegen seiner Angst gar nichts tut, der hat auch gar nicht gelebt. Meine Vorbilder sind Philosophen, Psychologen, Krankenschwestern, Altenpfleger alle die, die etwas Soziales auf Vordermann bringen können! Vielleicht war Mrs. Bain schon damals insgeheim meine Inspiration!

– Soziales Engagement –

Ich war in kleinen und großen Straßen unterwegs, es kam mir vor als würde der Tag ewig andauern. Selbst in der Nacht sah ich noch die Sonne! Sobald die Sonne am Himmel stand, ging es mir gut, denn es gibt nichts Schöneres als den Wind im Gesicht zu spüren und die Sonnenstrahlen, welche auf der Nase ein wenig kitzelten. Das Gefühl, voller Elan in kunstvoller Eleganz über eine asphaltierte Straße Rollerskaten zu können. Himmlisch! Man brachte Farbe auf den Asphalt! Jeder tanzt zu seiner eigenen Playlist, aber ich wollte von jedem einen Song in Meiner haben, um möglichst viele Menschen erreichen zu können. Auf die unterschiedlichsten Weisen, in den unterschiedlichsten Musikrichtungen.

Möglicherweise ist das alles nur Wunschdenken, aber wenn es mich dazu animiert, anderen Leuten etwas Gutes zu tun, bin ich vermutlich auf dem richtigen Weg.

Als ich am Abend auf mein Handy starrte, wie jeden Abend, hatte ich 17 entgangene Anrufe von einem Anrufer. Das war der, von dem ich am wenigsten gedacht hatte, dass er noch anrufen würde! Jays jüngerer Bruder Christian. Christian wohnte nicht mehr bei seinen leiblichen Eltern, in früheren Jahren zog er bereits aus. Er zog nach Berlin, um an eine Fachhochschule für Künstler unterrichtet werden zu können. Von diesem Tage an verschwand er aus meinem Leben, insbesondere aus meinen Gedanken.

Jay, Melissa, Christian und ich hatten früher des Öfteren auf einem kleinen Spielplatz viele schöne

Stunden zusammen verbracht. Das Einzige was ich von ihm wusste war, dass seine Lieblingsfarbe blau war und es vermutlich immer noch ist. Aber das konnte kaum der Grund sein, weshalb er mich anrief. Anfangs zögerte ich, das Nachdenken kann einen wirklich ziemlich anstrengen! Rasch nahm ich mein Handy in die Hand, wählte die seit Jahren nicht angerufene Nummer, welche ich dennoch auswendig konnte und hielt das Handy nah ans Ohr. Seine Stimme war tief und rein zugleich. Kein Funken des kleinen Kerls von früher. Seine Stimme ertönte:

„Merle? Merle Santolin?"

Meine Stimme fing an zittrig zu erklingen, zugegebenermaßen wollte ich nicht zugeben, dass ich aufgeregt war, seine inzwischen sehr männliche Stimme zu hören. Weshalb er sich eine halbe Ewigkeit nicht gemeldet hatte, so rechtfertigte er die Situation, durch stetigen Stress. Ich wollte nicht unhöflich klingen, doch was war sein Begehr? Mit anderen Worten „Spucks aus"!

Er rief mich bloß an, um mir zu sagen, dass Jay sein Handy verlegt hatte und er deshalb nicht anrufen konnte. Er hätte übers Festnetz angerufen und gesagt, er möge mich bitte sofort verständigen, wieso er das nicht selbst getan hat, dies wusste ich nicht! Insgeheim dachte ich mir, dass es eine ziemlich läppische Aussage wäre, und ich dachte er sei schlauer, um zu wissen, dass ich ihm diese lächerliche Geschichte keinesfalls abkaufen würde. Meine Atmung wurde schneller und meine Stirn runzelte sich. Ich wollte jetzt nicht mehr reden, ich wollte nur noch schlafen gehen.

FÜNFTES KAPITEL

Erste Lektion

Endlich war es Samstag, an dem Tag konnte ich ausschlafen. Diesen Tag hatte ich mir freigehalten, seit dem letzten Termin mit Dr. Sullvran. Ich hatte vor, den Tag zu genießen, meine Schulaufgaben gleichzeitig nicht zu vernachlässigen. Routine ist etwas Angenehmes, aber das dieser Tag nicht routiniert abgelaufen war, zeigte mir, dass ich nicht alles wissen musste, was ich tue oder was geschah.

Ich setzte mich an den Frühstückstisch, schaute aus dem Fenster und betrachtete den wundervollen blauen Himmel. Er ist ein Geschenk, man sollte ihn schätzen so wie vieles andere, was wir manchmal aus den Augen verlieren! Ich war traurig als ich an Jay dachte. Doch ich wusste, wenn er in dieser Zeit nicht bei mir sein mochte, dann sei er es nicht wert, in diesem Moment traurig zu sein. Es ist mein persönlicher Tag! Ich schaltete mein Handy skeptisch an, ich wusste nicht was mich nun erwarten würde. Aber genau darüber habe ich mir ja im Voraus

Gedanken gemacht, ich muss nicht wissen, ich muss glauben! Plötzlich stand auf dem Display:

„Sie haben zwei neue Nachrichten!"

Melissa Montango

Plötzlich strahlte ich über mein ganzes Gesicht. Gefühlt fror mein komplettes Gesicht ein. Ich habe erst gemerkt, dass ich so gelächelt hatte als mir mein Gesicht vor Lächeln wehtat. Sie schrieb mir, dass sie mitbekommen hatte, dass ich nach ihr zu Mrs. Bain gegangen war. Es war ihr sichtlich unangenehm, über das zu sprechen was mit Mister Mario passiert war, das merkte ich an ihrer Schreibweise. Aber das war in Ordnung! Ich hätte mir niemals erträumen können, dass sie mir jemals wieder schreibt. Ihre genaue Nachricht war wie folgt:

„Hey, oder hallo, ich weiß ja nicht was du in letzter Zeit so sagst. Ich wollte mich nur, naja, du weißt schon... bei dir bedanken! Mir ist bewusst, dass du mich als Erstes angesprochen hast, ich war wohl einfach noch nicht so weit, aber nun bin ich es! Du fragst dich sicherlich was in mir vorging, am Tag als wir beide das Gespräch mit Mrs. Bain gesucht haben -.- Du kennst mit Sicherheit noch das „Haus am Samstag"! Zur damaligen Zeit war es ziemlich problematisch für mich, denn Mr. Morio hatte mich am Tag der ersten Konsumierung von Drogen, beim Handel erwischt. Allerdings war es erst, nachdem wir die Drogen schon genommen hatten und ich auf dem Weg nach Hause war und mir einen kleinen Nachschlag gönnen wollte! Daraufhin rief er meine Eltern an, ich kam in den Entzug, das war damals eine sehr starke seelische Belastung für mich! Darum habe ich angefangen zu weinen als du mir den Zettel mit der Nachricht rübergeschoben hast."

Es war ein lachendes und ein weinendes Auge, mit der ich diese Nachricht betrachtete. Das Einzige was ich in diesem Moment für richtig hielt, war ihr für ihre Ehrlichkeit zu danken. Das dunkle Loch dieser Nacht hatte nun einen Aussichtspunkt.

Ich ging am Stadtgarten spazieren, den Ort hatte ich ganz neu entdeckt. Ich hatte das Gefühl, noch nie in einer solch kurzen Zeit so viel gelernt zu haben. Ich fing an, meine bisherigen Erkenntnisse schriftlich festzuhalten. Damit ich sie später nicht vergessen würde, nicht nur für mich. Mehrere Stunden vergingen. Ich habe etwas gegessen und etwas getrunken und den Enten im Teich zugesehen, wie sie badeten. Zu später Stunde versuchte ich, mich an einem neuen Kunstprojekt zu erfreuen, inspiriert von den letzten Tagen, inspiriert von den vielen Tagen, an denen ich noch so unsicher und unwissend war. Dies spiegelte sich in einer Welle wider, die gleichzeitig eine gewisse Eleganz, aber auch Unruhe mit sich brachte.

Das war mein Samstag!

Eine Woche später hatte ich den ersten Termin, den ersten Termin der Probesitzung. Aufregung gehört im Leben dazu, aber ich wollte nicht aufgeregt sein, ich wollte, dass sie mir helfen kann, dass ich mir helfen kann. Meine allererste richtige Sitzung bei einer Psychotherapeutin, die ganz anders war als das, was sie in den Filmen immer darstellten. Manche Filme sind so wirklich eine Beleidigung! Sie war unerfüllt von jeglichen Klischees.

Ich hatte das Gefühl, sie würde mich wachrütteln, das Leben zog an mir vorbei! Ich musste mir langsam Gedanken machen, ob ich das Buch meiner bisherigen Erkenntnisse wirklich noch mit 18 rausbringen wollte, was ich mir schon im frühen Kindesalter vorgestellt hatte. Ich musste das Übel der Wurzel finden und es jetzt ein für alle Mal beseitigen! Ich erzählte ihr von dieser dunklen Nacht, welche wie ein schwarzes Loch aufgebaut war. Sie hörte lediglich zu, sie unterbrach mich nicht. Als ich mit meiner Erzählung fertig war, fragte sie mich, wie realistisch denn die Aussichten stünden, erneut mit Melissa befreundet zu sein. Ich antwortete bloß: „Meines Erachtens würde ich sagen: Ziemlich gut!" Daraufhin lächelte sie und fing an mich zu fragen, warum ich dann so traurig sei. Ich antwortete ihr nur, dass es ein Schritt ins Ungewisse sei, vor dem ich enormen Respekt aufwieß! Wieder fing sie an zu lachen, ich musste mitlachen, denn ich hatte begriffen, dass Konflikte aus vielen kuriosen Diskussion entstehen können, aber nicht, weil man zu viel geredet hat!

Das war meine erste Erkenntnis! Ich verstehe nun, wieso sie lacht!

„Wir leben in einer Welt, die wir selbst gestalten können!"

- P!nk

Ich war verwirrt, doch es war noch nie so klar zuvor! Ab diesem Moment wusste ich, ich möchte es wahr machen, meinen Traum, anderen Menschen ein gutes Gefühl zu geben! Wenn Leute über mich lachen, dann sollen sie lachen. Wenn alles, was ich täte, eine Minute lang zur Besserung beitragen würde, wäre ich überglücklich!

Das macht mich glücklich!

Viele Höhen, viele Tiefen.

Es war Montag. Ich wusste, ich würde Jay wieder begegnen. Ob ich darüber erfreut sein sollte, das wusste ich nicht. Vermutlich würde ich ihn ganz normal der Geschehnisse befragen! Im Inneren würde ich schreien! Durch meine letzte Erkenntnis hatte ich begriffen, dass ich reden muss, um Konflikte zu lösen. Ich versuchte mich vergeblich, in seine Lage hineinzuversetzen, doch es gelang mir einfach nicht.

Es war die fünfte Stunde an diesem Tage, unsere Räume lagen quasi gegenüber. Ich hatte Mathe, er Englisch. Wie gern würde ich nun in Englisch sitzen. Tatsache ist die, dass ich ihm nach dem Unterricht nicht mehr aus dem Weg gehen konnte.

Ich merkte Muskelkater von vor zwei Tagen, als ich Rollschuh laufen war. Plötzlich fing ich an, die Schmerzen zu bemerken und realisierte die Tatsache, dass ich mehrere Stunden auf Rollen verbracht hatte.

Was mir nicht entgangen war, war dass ich trotz der von mir amateurhaft ausgeführten Rollkunstlauf-Künste nicht hingefallen war. Ich bemerkte einen weiteren Fortschritt. Ich näherte mich Jay, viele Blitzgedanken schossen in mein Gehirn und innerhalb einer halben Millisekunde waren alle fort als er anfing, mit mir zu sprechen. Er entschuldigte sich aufrichtig und gestand sich seinen Fehler ein. Er beichtete mir ebenfalls die Lüge mit dem verlegten Handy, doch er wusste schon, dass ich ihm das nicht glauben würde und genau aus diesem Grunde hatte er diese Art von Lüge gewählt. Es tat ihm leid, dass er aus unerfindlichen Gründen bevorzugte nicht aufzutauchen. Mir auch!

Seine Pupillen waren geweitet, ein intensiver Blickkontakt! Meine Wangen waren gerötet. Woher ich das wusste? Ich schaute auf seine Wangen, welche ebenfalls gerötet waren, so wusste ich, dass es meine auch waren.

Früher auf dem Spielplatz gestand er mir seine Liebe, doch ich empfand nichts weiter als ein wenig Zuneigung. Damals fand ich, ich könnte es nicht als Liebe definieren, ich habe meine Meinung geändert. Seit dem Kuss unter dem Basketballkorb, welcher sich durch Spontanität zu einem späteren Problem entwickelte, wusste ich, dass er mich immer noch lieben würde.

Ich konnte es nicht erwidern. Zur damaligen Zeit hatte Melissa nur für diesen einen Jungen jemals dermaßen viel Interesse gezeigt. Niemals, sie würde es herausfinden, dem war ich mir bewusst. Die Tatsache konnte ich jedoch nie aus meinem Erinnerungsvermögen streichen.

Das Einzige, was ich zu antworten wusste, war sehr simpel:

„Ich wusste, du wusstest, dass ich dir diese dämliche Lüge niemals abkaufen würde!"

Es folgten einige unklare Formulierungen unsererseits, doch wir verstanden jedes einzelne Wort. Wir hatten Gott sei Dank nach diesen Stunden Unterrichtsschluss und gingen in ein schickes, kleines Café. In diesem Café lasen viele Künstler aus eigenen Romanen. Das hatte mich schon in der Kindheit sehr fasziniert. Meine damaligen Gedanken waren gleichzusetzen mit denen von heute. In kindgerechter Formulierung sagte ich, dass ich irgendwann einmal meinen Roman hier vorstellen würde! Ständig ging mir dieser eine Gedanke nicht aus dem Kopf: mit 18 Jahren schon Autorin....

Wir setzten uns direkt an die Heizung, um uns ein wenig aufzuwärmen, an einen kleinen Tisch, welcher gegenüber der Vortragsbühne stand. Die Lesungen beschränken sich bloß auf wenige Freitagabende. Genau aus diesem Grund lud mich Jay am nächsten Freitag ein. Dort fand eine interessante Lesung eines jungen Professors statt. Mein Herz klopfte, meine Augen lächelten!

An diesem Abend fiel ich ins Bett, ohne mich abzuschminken! Das hatte mich nicht interessiert, denn für wen musste ich jetzt noch gut ausschauen? Jay konnte mich ja nun nicht mehr sehen. Das war der erste Tag, an dem ich ein wenig mehr Make-Up als sonst auftrug. Es wirkte so, als würde ich mich verstellen, so beschloss ich, zu unserer ersten offiziellen Verabredung natürlich und pur dort aufzutreten. Meine Augen fielen zu, ich schlief zum ersten Mal seit langen Wochen mit einem glücklichen Gefühl von Aufregung ein.

Der zweite Termin folgte.

Mein Handy klingelte früh am Morgen, so
beschloss ich, wie an jedem anderen besagten Tage,
aufzustehen. Verschlafen, mit zerzausten Haaren,
führte mich mein Weg zuerst ins Bad: Zähne putzen,
Haare kämmen und das Gesicht waschen. Nun fühlte
man sich schon ein wenig frischer, und das lag nicht
nur am gestrigen Tage mit Jay. Als Nächstes, wie an
jedem sehr routinierten Morgen voller Strukturen,
beschloss ich mein Handy heute früher anzuschalten,
zum ersten Mal folgte ich nicht meinem gewohnten
Ablauf. Die Tatsache, dass mir Melissa hätte
schreiben können, veränderte alles.

Ich wusste, ich darf mich nicht auf eine bestimmte
Person im Leben fokussieren und so beschloss ich,
einen frühen Spaziergang am Morgen in Angriff zu

nehmen, anstatt den ganzen Vormittag auf eine Nachricht zu warten.

Ehe ich mich versah, erscheint eine erneute Nachricht von Melissa auf meinem Display. Die Tatsache, dass sie geschrieben hatte, hatte mich sehr erfreut, aber das war nicht das einzige. Indem ich mich aufgerafft hatte und mich dazu entschloss, aktives Ablenken in meinen Alltag zu integrieren, ging es mir besser.

Vielen Dank Frau Doktor Sullvran.

Sie erschien mir als ein sehr souveräner Mensch. Was sie sagte hatte Hand und Fuß und sie setzte alles daran, mir wirklich helfen zu können. So war ich dazu verpflichtet alles daran zu setzen, um kämpfen zu können!

Ich starrte zwei Minuten lang bloß auf meinen Display, ich steckte mein Handy ein und ging weiter, denn das tat mir gut. Wenn ich es schaffen würde, mich nicht auf bestimmte Personen im Leben zu fokussieren, dies gilt genauso für die damaligen Geschehnisse, so werde ich ein erfülltes Leben führen. Ich merkte, dass ich mich auf mein Sozialleben und auf mich konzentrierte, was nicht schlecht war, jedoch durfte ich die anderen Faktoren meines Lebens nicht völlig außen vorlassen.

Das war die nächste Erkenntnis: Bei der Umsetzung, da brauchte ich Hilfe.

Aber hätte ich jemals mit meinen Leistungen zufrieden sein können? Denn das Einzige was ich doch sah, waren die Makel an mir selbst. Genau dieser Gedanke folgte! Dabei hatte ich schon im Vorfeld die Erkenntnis als einen Fortschritt wahrgenommen! Nun weiß ich was es bedeutet, in alte Verhaltensmuster zurückzufallen!

Es gibt viele Dinge, die ich noch lernen muss. Auch in der heutigen Zeit, so würde ich behaupten, dass das ganze Leben ein fortlaufender Prozess ist, welcher der weiterführenden Erkenntnis dient. Voll Freude, Leidenschaft, Schmerz...

Man kann das Leben nur rückwärts verstehen, aber leben muss man es vorwärts.

-Sören Keirkegaard-

Diese unerbittliche Entscheidung dauerte einige Tage.

Ich musste lernen, dass nicht alles auf Knopfdruck innerhalb einer Sekunde funktionieren konnte.

Anstatt ich mich freute, nun endlich diese Erkenntnis wahrnehmen zu dürfen, folgte der unfassbar demotivierende Gedankengang, wieso ich diese Erkenntnis nicht schon früher erlangen konnte.

Stopp!!!!

Ab diesem Moment wusste ich, worauf ich mich wirklich konzentrieren musste, nämlich die negativen Dinge nicht mit zu großer Bedeutung zu betrachten. Für diese Erkenntnis brauchte ich eine Weile und viel Erfahrung! Nun ist es an der Zeit, sich zu freuen, so viele Fortschritte überhaupt zur Kenntnis nehmen zu dürfen.

Insgeheim war ich froh, Hilfestellung in Anspruch genommen zu haben, das war der erste Schritt zur Besserung.

SECHSTES KAPITEL

Erörterung

Nach einer geraumen Zeit rief ich Melissa zurück, das war ein gutes Gefühl. Melissa ist ein ganz besonderer Mensch in meinem Leben. Wir telefonierten eine halbe Ewigkeit. Das Gespräch war ganz anders als alle vorherigen Gespräche in meinem Leben. Wir hatten keinen Grund zu telefonieren, aber taten es, weil es uns ein Gefühl der Sicherheit gab. Wir versprachen uns nichts von diesem Gespräch, es war nur schön, wir genossen es einfach.

Der Tag der Verabredung war da! Wie ich mich schon dazu entschlossen hatte, wollte ich bescheiden auftreten, also entschied ich mich, meine Haare bloß durchzukämmen und mit alltäglichen Sachen dort zu erscheinen. Ehe ich mich versah, war es 20:00 Uhr, ich zog mir bewusst bequeme Kleidung an, dennoch sollte es ein glorreicher Abend werden. Was er nicht wusste war, dass ich ebenfalls einen Antrag gestellt hatte, um dort mein Gedicht vortragen zu dürfen.

Ich hatte noch keine Zusage oder Ablehnung erhalten, also konzentrierte ich mich darauf, einen schönen Abend zu verbringen. Wir gingen gemeinsam durch die Tür, hielten Händchen und unsere Ellbogen berührten sich. Ihr müsst wissen, dass mitten im Raum ein großer Kronleuchter hing, der alte Vintage-Stil gefiel uns beiden ziemlich gut und so beschlossen wir, den Tisch, welcher zwischen Kamin und Theke des kleinen Ladens stand, für uns zu reservieren. Mir ist nicht entgangen, wie nervös ich war, geschweige denn wie nervös er war.

Unser Essen wurde serviert. Bis zu diesem Zeitpunkt war es relativ ruhig und wir wussten nicht über aktuelle Themen zu plaudern. Glücklicherweise erschienen zeitnah der Professor, um seine Rede zu halten. Ich war schon aufgeregt, da mich das Thema sehr interessiert. Das Thema mag für viele ziemlich altklug klingen, doch genau solche Themen interessieren mich! Ich war schon ein wenig skeptisch und meine Bedenken waren zugegebenermaßen berechtigt, denn ich wollte Jay nicht weniger Aufmerksamkeit schenken als dem Professor, welcher über das Thema: „Maschinelle Sprachverarbeitung" predigte. Was mich an solchen Menschen unfassbar fasziniert ist, dass sie in ihrer Rolle aufgehen, der Job gibt ihnen so viel, dass sie alles bereits Erlernte haargenau wiedergeben können. Wahrlich beeindruckend.

Voller Begeisterung lauschte ich den Klängen des Professors, aber Jay hingegen schlief fast ein. Nach ca. 3 Stunden war der Professor mit seinem Vortrag am Ende. Gewissermaßen hatte ich mich lächerlich gemacht, indem ich aufstand und ganz laut applaudierte, aber das war es wert, dieser Mann sollte sehen, welche Inspiration er mir gegeben hatte.

Für Jay war der Abend eher eine Qual, doch er bemerkte, wie sehr ich in meiner Rolle als Zuschauer aufging, das wollte er mir nicht kaputt machen. Er entschied sich ebenfalls zu bleiben und applaudierte noch lauter als ich. Der Inhaber des Cafés, welchen ich schon ein paar Mal gesehen hatte, bat mich, mein Gedicht noch heute vorzutragen. Der Abend war ein voller Erfolg! Die Kasse klingelte, weil ein großer Andrang im Café herrschte. Doch in meinem Kopf war plötzlich Stille!

Ich hatte nicht geprobt, ich wusste die Betonung nicht fehlerfrei zu setzen. Jay stand auf. Er hatte mitbekommen, dass das Gespräch zwischen mir und dem Leiter des Cafés länger dauerte als mir lieb war. Als Jay von dieser großartigen Neuigkeit erfuhr und der Abend auch für ihn anfing interessant zu werden, ermutigte er mich, auf die Bühne zu sprinten und loszulegen.

Plötzlich fühlte ich mich gar nicht mehr so stark. Meine Beine fühlten sich an wie Gewichte, plötzlich fühlte ich mich voll vom Essen. Meine Knie zitterten ebenso wie mein Kiefer. Meine eine Hand, sie war fast am Mikrofon! Nun stand ich da, ich würde unmöglich wieder aus dieser Nummer rauskommen.

Ich schloss meine Augen und wollte den Raum mit Leben erfüllen, so begann ich mein Gedicht vorzutragen.

IM LEBENDIGEN VERSTUMMT

WARUM SIE SO TRAURIG SCHAUT?

NARBEN SITZEN TIEF IN IHRER HAUT

EIGENHASS GANZ TIEF IN DEINEN SEHNEN

BLUT STRÖMT DURCH DEINE VENEN

POSITIVES LÄCHELN

TÄUSCHE DICH NICHT SELBST

DU WEIßT DU BIST GUT

VERLEUGNUNG IN VIELEN FÄLLEN

STELL DICH DEN DINGEN, IN ALL DEINER FURCHT

WOHER NIMMST DU DIE QUELLEN?

GANZ IM LEBEN

LEBLOS SEHEN WIR EUCH

TIEFEN REIßEN DEIN GEDÄCHTNIS EIN

STOLZE STUNDE SCHAFFT SIE NUN

ICH HÖRE DIE STILLE ALS SCHMERZ

POSITIVES LEBEN

ICH MÖCHTE ANDEREN ETWAS GEBEN

VERSUCHTE VERGEBLICH PERFEKT ZU SEIN

PERFEKT IM AUGE MILLIONENFACHER BETRACHTER

EINE SACHE MACHT MICH STARK

DASS ICH ANDEREN HELFEN MAG

DAS KANN ICH AKZEPTIEREN

LIEBEN LERNEN AN MIR SELBST?

HERZENSERGÜSSE EINANDER TEILEN

LASS UNS NOCH EIN WENIG AUF DIESER WELT VERWEILEN

Leute standen auf, sie klatschen in die Hände und wischten sich die Tränen vom Gesicht. Ein unbeschreibliches Gefühl stieg in mir hoch! Mit so jungen Jahren, angefangen Menschen zu predigen, dass dieses Leben wunderbar sein kann! Jay wusste sich nicht zu verhalten, so stürmte er auf die Bühne und umarmte mich sanft. Er flüsterte mir ins Ohr, er sei extrem stolz auf mich. Komischerweise brauchte er mir das nicht zu sagen, denn ab diesem Augenblick wusste ich es selbst!

Die Tatsache, dass ich in einem kleinen Café mein selbst verfasstes Gedicht vorgetragen habe, fühlte sich jedoch so an als hätte ich einen ganzen Opernsaal mit meiner Stimme erfüllt. Als ich realisierte, was ich in diesem Augenblick angerichtet hatte, schossen tausende Tränen über mein Gesicht! Überforderung, Erleichterung!

Als ich von der Bühne ging, bemerkte ich, dass dieser Abend ein ganz besonderer war. Noch heute höre ich die Musik von Pink! Immer wenn ich an diesen glorreichen Abend denke, schießt mir das Lied „A Million Dreams" in den Kopf.

Wie es sich für einen Gentleman gehörte, fuhr er mich heim, währenddessen er immer noch nicht begreifen konnte, was ich auf der Bühne von mir gegeben habe. Inzwischen war es kühl und der Himmel klar. Die Musik, welche er sonst ununterbrochen hörte, war an diesem Abend ausgeblieben.

Unglaublich

Sobald ich zu Hause angekommen war, setzte ich mich an meinen Schreibtisch und beschloss, die heutigen Ereignisse zu verschriftlichen. Nun bin ich mit voller Entschlossenheit dabei gewesen. Ich möchte noch mit 18 Autorin werden. Bis ins Morgengrauen saß ich dort, Bleistifte waren fast weggeschrieben. Tausende von Bleistiftminen, welche mir abgebrochen waren, lagen neben meinem noch lange nicht vollendeten Text. Zwei Tassen Kaffee und eine ein Liter Mineralwasserflasche hatte ich ausgetrunken. Allmählich war es an der Zeit, mal auf die Toilette zu gehen, so stand ich auf und löste mich von meinen Blättern, um eine kleine „Pause" einzulegen, diese beschränkten sich lediglich auf menschliche Bedürfnisse.

Eine mit Gold versehene Vintage-Uhr schmückte mein Bad. Als ich einen Blick auf sie warf, bemerkte ich, dass es schon 3 Uhr nachts war. Allmählich sollte ich schlafen gehen, denn ich hatte morgen Schule.

Abgesehen davon, dass ich an diesem Tag nicht gut aus dem Bett kam, schrieb ich jedoch jeden, noch so kleinen motivierenden Satz auf, der mir durch den Kopf ging. Was mich dazu veranlasste? Soziales Engagement! Wie liebte ich diese Worte!

In der Mittagspause waren sehr viele Schüler an ihren Handys und Laptops. Ich hingegen nahm mir ein Blatt Papier und meinen Bleistift, welcher wieder zur Hälfte abgenutzt war, der Rest schmückte ca. um die 50 Seiten eines Collegeblocks. Ich strebte nach Perfektion, so habe ich einen Satz ca. 100- mal aufgeschrieben und ihn mir so zusammenkonzipiert wie ich ihn brauchte. Es wäre gelogen, wenn ich sagen würde, dass ich mit meinem Werk 100-prozentig zufrieden gewesen wäre. Der letzte Abend zeigte mir, dass nicht alles perfekt sein musste, um einen guten Effekt der Gesellschaft gegenüber zu erzielen.

Mein Kopf war wie leer gesogen, ich dachte es wäre nicht mehr möglich, weitere Ideen in mein Buch niederzuschreiben. Ich betrachtete meine Mitschüler, komischerweise erkannte ich jeden Einzelnen, der genau dasselbe durchmachte wie ich. Die gerade auf der Suche nach ihrer eigenen Identität waren. Die vergessen wollten was geschah, was man aber nicht mehr wusste.

Es klingelte, ich musste zurück in den Unterricht. Doch voller Überzeugung, anderen Menschen eventuell mit meinem jetzigen Wissen weiterhelfen zu dürfen, versuchte ich, mich dem Unterricht und meinen Mitschülern gleichzeitig zu widmen, um zu sehen, wie es anderen Leuten in diesem Augenblick ging.

Im Anschluss an die Schule musste ich direkt zu Doktor Sullvran. Ich musste mich eindeutig in Geduld üben, denn ich meinte genau zu wissen, dass ich nach der Sitzung erneut an meinem Schreibtisch sitzen würde, um neue Erkenntnisse festzuhalten. Die Ironie an der ganzen Sache war doch, dass ich mir gewünscht hatte zu wissen, was damals in der Nacht passierte. Nach der Sitzung begriff ich jedoch, dass es keine Rolle spielt! Melissa und ich sind zwar nicht mehr die besten Freunde, aber wir hassen uns nicht oder reduzieren uns auf unser Äußeres. Wir wussten, die eine war immer für die andere da, das war der minutiöse Grund, warum wir beide so darauf beharrten, wieder miteinander reden zu wollen.

Das Einzige, was wir brauchten, war die Sicherheit der jeweils anderen. Wir sollten nicht länger in der Vergangenheit leben, sondern uns auf das konzentrieren, was vor uns liegt.

An diesen Tagen entließ Dr. Sullvran erneut das Mädchen, welches ich als strahlendes und lebensfrohes wahrnahm. Tränen übersät mit den Worten: „Hier seien nur Verrückte," verabschiedete sich das Mädchen. Was war geschehen? Meine gute Laune hielt sich dermaßen in Grenzen. Ich beschloss, dem mir sehr unbekannten Mädchen, dessen Name ich nicht mal wusste der Geschehnisse zu befragen. Sie wollte nicht sie selbst sein, denn sie sei mit ihrer Persönlichkeit fernab von jeglicher Form der natürlichen Zivilisation, welche sie wahrnahm.

Ich fragte sie, was sie konkret gegen sich einzuwenden hätte. Sie antwortete mir in kindgerechter Sprache bloß, dass das Universum dermaßen abstrakt wäre, so dass sie dies als einen Ort wahrnimmt, welcher Verrückte aufnehme und an einem solchen Ort fühle sie sich nicht daheim. So konnte ich ihre Sichtweise aus ihrer Erzählung heraus, nachfühlen. Ich schaute sie an, lächelte ein wenig und hoffte sehr, ihr weiterhelfen zu können. Ich machte mir keine Gedanken darüber was ich sagen könnte, sondern sagte das was mir in den Sinn kam, denn ich wusste, wenn ich gar nichts sagen würde wäre das tausendmal schlimmer.

Wenn das Universum verrückt sei, hätte sie kein Argument, welches mich dem Gegenteil überzeuge, dass ihr Selbst nicht den „Normalitäten" des Universums entspreche.

Als ich das Therapiezimmer betrat, folgte ein Lächeln mit den Worten: „Und das aus dem Munde einer Verrückten!" Ich wusste, worauf sie hinauswollte. Ein Lächeln, welches ich nicht unterdrücken konnte, selbst wenn ich es gewollt hätte, ließ mich trotz alledem nachdenken, ob ich einen großen Fehler begangen hatte.

SIEBTES KAPITEL

Sinn?

An jedem Neuanfang, an jedem neu beginnenden Tag, musste ich mir doch durch den Kopf gehen lassen, dass Erkenntnis und Weisheit mit dem Alter folgen. „Geduld" – mein absolutes Lieblingswort!

Wie ich es vorausgesehen hatte, setzte ich mich erneut an meinen Schreibtisch, welcher mittlerweile von ganzen Müllbergen durch missglückte Schreibversuche gefüllt war.

Es gibt gute wie schlechte Tage, was man nicht vergessen sollte ist, den guten mehr Bedeutung zu schenken und dankbar für jede schöne Sekunde zu sein. So füllte sich allmählich das Buch, welches ich eigenständig auf den Markt bringen wollte. Manchmal hatte ich das Gefühl, das Bescheidene eventuell ein glücklicheres Leben führen würden als Leute wie ich, die immer an das große Ganze denken. Ist es unsere Entscheidung so zu denken?

Können wir unser Denkvermögen dermaßen beeinflussen und andere Denkweisen so in Erwägung ziehen? Die Seiten füllten sich!

Eine derartige Motivation, von der ich regelrecht erstarrte, hemmte mich allmählich! Wie sollte ich Autorin werden, wenn ich mit meinem Werk nie zufrieden sein kann, wenn ich meinen eigenen Ansprüchen nicht gerecht werde.

Vermutlich ginge es vielen in dieser Situation so, seinen eigenen Maßstäben gerecht zu werden, das schien mir zu diesem Zeitpunkt noch unmöglich! In früheren Monaten hatte ich noch relativ guten Kontakt zu Christian, so bekam ich ebenfalls mit, dass es ihm genauso ging mit seiner künstlerischen Arbeit. Ein Gemälde, welches solch eine Energie und positive Stimmung ausstrahlte, fand er langweilig und sah etwas Schlechtes. Künstler sind in meinen

Augen kritische Personen, welche vergeblich danach strebten perfekt zu sein. Indem Sie dieses Klischee erfüllten, fühlten sie sich wie Künstler!

_____Autsch_____

Ich war dermaßen in Gedanken versunken, dass ich nicht bemerkte, wie sich mein Arm in Richtung der Kerze bewegte. Unfassbar wie blind man doch vor Gedanken sein kann.

Diese Aspekte durften in meinem Buch nicht fehlen. Allmählich wurde es spät und ich begann zu schlafen.

Eine ehemalige Bekannte namens Pamela gehörte zur damaligen Zeit zu unserer Gang. Sie war um einiges älter als wir. Als wir 15 waren, war sie 20 Jahre alt gewesen. Sie hatte schon immer eine unglaubliche Leidenschaft für die innere Psychologie. Was nun aus ihr geworden war?

Es war genau 7:30 Uhr am Morgen. Glücklicherweise war heute Freitag und ich hatte die ersten zwei Stunden frei, sodass ich noch ein wenig im meinem flauschigen Bett liegen bleiben konnte. Wenig später schaltete ich das Radio ein. Diese Stimme kam mir äußerst bekannt vor. Gestern dachte ich noch an sie und schon am nächsten Morgen moderierte Pamela ihren eigenen Frühstücksfernsehen Podcast. Ich war nicht beeindruckt von dem was sie sagte, aber von dem, wo sie nun angekommen war. Sie konnte nun so viele Leute erreichen und nutzte es für Albernheiten im Netz.

Aber was beklagte ich mich? Ich wollte schleunigst mein Buch zu ende schreiben und derzeit einen ehrenamtlichen Job für gute Zwecke annehmen. Denn wenn ich nur die halbe Energie, die ich aufwende, um über mich und mein Leben nachzudenken, anderen Menschen widme, so würden sie vielleicht ein bisschen Ablenkung vom Alltag erleben.

Der größte Wunsch meinerseits war es, psychisch kranken Leuten zu helfen, sodass sie kleinste Glücksmomente wahrnehmen und lieben lernen könnten. Ich wusste, dass drei Straßen weiter ein neues kleines Kinderheim geöffnet haben soll, so wusste ich, wo mich mein Weg hinführen würde. Es war mir nicht gleichgültig, ob ich diesen Job erhalte oder nicht. Worauf könnte ich derzeit stolzer sein, als anderen Kindern zu helfen? Meine Bewerbung schrieb ich innerhalb 3 Stunden fertig, eine echte Rekordzeit! Es gab keine mehrfachen Anläufe, da ich ja mit Herz, Seele und Leidenschaft dabei war. Das gab mir Kraft!

Nach ungefähr zwei Tagen erhielt ich eine Rückmeldung. Ein Vorstellungsgespräch folgte und meine Begeisterung schien keinen Halt mehr zu kennen! Sehnsüchtig wartete ich auf den Moment, das Kinderheim zu betreten und den Leuten Arbeit abnehmen zu können!

Der Tag der Abrechnung war da, von außen sah es aus wie ein gewöhnliches Haus. Zu wissen, dass diese Kinder im Leben schon viel mitmachen mussten, das zerriss mir das Herz!

Hinter dieser Tür würde ich einen Neuanfang beginnen, wo ich versuchen könnte, erste Erfahrungen im sozialen Dienst zu erhaschen. Meine

Papiere hatte ich dabei, sowie meinen Ausweis. Als ich angeklingelt hatte, schoss mir der Gedanke einer weiteren Motivation ins Gedächtnis:

„Mein Vorstrafenregister ist leer, beruhige dich!"

Keineswegs wollte ich nervös wirken, denn ich wollte als starke, selbstbewusste, junge Frau auftreten, welche sich ihres Willens bewusst war.

Eine freundliche, recht kleine Dame mit blonden kurzen Haaren, öffnete mir die Tür. Sie sah sympathisch aus und sehr fürsorglich. Ich bemühte mich, einen höchst professionellen Eindruck zu hinterlassen. Nach einigen Fragen gingen wir zusammen zu den Kindern. Sofort spürte ich wie mir das Herz erwärmt wurde, hier wollte ich sein.

Es war ein sehr schönes kleines Kinderheim voller Spielzeug und sehr freundlich eingerichtet. Es gefiel mir wirklich außerordentlich gut.

Ehe ich mich versah, rannte die Zeit davon und so blieb ich insgesamt zwei Stunden. Ich spielte mit den Kindern und konnte mich mit ihnen unterhalten und sie zum Lächeln bringen! Sie mich auch! Allmählich war es an der Zeit für mich, zu gehen. So verließ ich den Ort, an dem ich mich zu Hause fühlte, der mich die Glückseligkeit noch mehr gelehrt hatte.

Schon zu diesem Zeitpunkt war ich dankbar dafür, was ich erreicht hatte, obwohl mir der Job natürlich noch nicht sicher war. Ich war dankbar für dieses Erlebnis. Wenige Augenblicke später setze ich mich wieder voller Elan an mein noch fertigzustellendes Buch.

In einem gewissen Blickwinkel schrieb ich das Buch samt Hintergedanken, andere Leute zu beeindrucken, welche ich in meinen vergangenen Lebensjahren kennengelernt habe. Dieser verbitterte Gedanke war nicht gerade angenehm, sodass ich das Gefühl hatte, das Buch nicht ehrlicherweise zu schreiben. Alles was ich schrieb, alles was ich fühlte, hatte ich trotz alledem festgehalten, um der Außenwelt die Erkenntnisse vor Augen führen zu dürfen! Das ist der wahre Grund, diesen musste ich mir aber weiter ins Gedächtnis rufen.

Als ich in meinem flauschigen Himmelbett lag, unter der Bettdecke, welche Wärme und Geborgenheit schenkte, überlegte ich sehnsüchtig, Jay von meiner derzeitigen Therapie zu erzählen. Ich wolle ihn nicht abschrecken, nur aufklären!

Wie gefasst würde er diese Informationen aufnehmen?

Bing! Bing!

Meine Augen öffneten sich in Zeitlupengeschwindigkeit. Zu früher Stunde schellte jemand an meiner Tür. Mein eigentliches Bedürfnis schrie danach, noch etwas länger den Schlaf zu erhalten, aber die Neugierde packte mich. So zog ich mir schnell einen Bademantel über und öffnete die Haustür. Christian stand vor der Tür. Ich dachte, er sei mittlerweile in Paris, so hatte ich es jedenfalls aus seiner letzten Nachricht entnehmen können.

Ohne dass er etwas sagen brauchte, roch ich frische Croissants. Er wünschte mir einen wundervollen guten Morgen und bat mich, eintreten zu dürfen, um mit mir zu frühstücken. Alten Freunden schlägt man keine Tür vor der Nase zu und so willigte ich schließlich ein.

Auf seine Erklärung war ich ziemlich gespannt.

Seine Begründung, warum er kurzfristig nach mir schauen wollte, war, dass er Semesterferien hatte und so quer durch die ein oder andere Stadt reisen wollte. Dem Künstler fehlt es wohl an Inspiration. Plötzlich warf er mir einen ziemlich verwunderlichen Satz an den Kopf:

„Du wirst mein neues Kunstprojekt."

Plötzlich verbrannte ich mir die Zunge am Kaffee, er war heiß, er war ziemlich heiß. Wie er so viel Mut beweisen wollte, eine ziemlich chaotische Person in ein wunderhübsches Gemälde zu verwandeln, das verschlug mir die Sprache. Er sagte, er wolle sich von den anderen abheben und eine echte Herausforderung erhaschen. Ich war mir nicht ganz sicher, ob ich beleidigt sein oder mich geehrt fühlen sollte. So sind Künstler wohl, immer auf der Suche nach neuen Herausforderungen! Ich ging ins Bad, um mir einmal einen kräftigen kalten Wasserspritzer ins Gesicht zu spritzen. Das sollte helfen, schneller wach zu werden.

Als ich zurückkam, hörte ich Christian aus meinem Schlafzimmer und ich glaubte nicht was er für eine Wortwahl aus seinem Mund kommen ließ: „Immer auf der Suche nach neuen Herausforderungen!"

Mit Verlaub erlaubte ich mir einen schnippischen Ton: „Wie bitte, was jetzt?"

Er zitierte in diesem Augenblick meinen letztlich verfassten Vers für mein Buch, welches noch in der Planungsphase war und somit für jedermanns Augen tabu zu sein galt. Er äußerte diesen Satz mehrfach und im Anschluss dessen behauptete er, dass ich ebenfalls ein Künstler sei.

Wie kam er bloß auf so etwas? Als ich ihm diese Frage stellte, fing er an zu lächeln und hatte eine ziemlich plausible Erklärung parat. Künstler sind ständig auf der Suche nach neuen Herausforderungen und neuen Weltanschauungen. Zwischen den Zeilen lesen. Das, was ich angeblich den ganzen Tag tat.

Er bot mir an, mein Exemplar mit zur Künstler-Fachhochschule zu nehmen. Sie würden einen Blick darauf werfen und eventuell mein Buch vermarkten.

Das ging alles ziemlich schnell, so wusste ich nicht wirklich zu antworten. Mit Sicherheit fand ich es schön. Auf so eine Gelegenheit wartete ich schon mein ganzes Leben, aber würde ich es verkraften und negative Kritik einstecken können? Scheiß drauf!

Ich verlor die Beherrschung meines eigenen Körpers und fiel ihm um den Hals. Ich bedankte mich, sooft ich konnte und hatte keine Zeit mehr, darüber nachzudenken, ob ich es verkraften würde. Man muss Risiken im Leben eingehen, um viel Erfolg oder auch Niederlagen zu erleben. Riskieren bedeutete eventuell, etwas zu verlieren, aber wer nichts riskierte, gewann gar nichts.

So frühstücke ich zu Ende und warf ihn im hohen Bogen aus meiner Wohnung. Ein charmantes Lächeln schien diese hart erscheinende Maßnahme zu lockern, sodass er mir nicht böse sein konnte.

ACHTES KAPITEL
Wieder ins Gedächtnis rufen!

Während ich damit beschäftigt war, mir den Kopf über mein Auftreten im Kinderheim zu zerbrechen, schrieb ich weiter. Die Tatsache, dass es nicht mehr in meiner Hand lag, ob ich einen guten Eindruck hinterlasse oder nicht, machte mich fertig. Ich ging Jay - soweit ich konnte - aus dem Weg.

Ich verbrachte viele Stunden mit Christian zusammen. Während ich zu schreiben versuchte und meinen angestrengten Blick auf das noch leere Blatt Papier richtete. Insgeheim bewunderte ich seine Leidenschaft, Dinge zu vollenden, Dinge zu perfektionieren. Einen Schritt weiter erkannte ich Charakterzüge, welche auch auf mich zutrafen. Am nächsten Tag hatte ich einen erneuten Termin bei Doktor Sullvran. Ich bemerkte enormen Respekt!

Am nächsten Morgen. Nachdem ich schon um 11 Uhr einen Termin hatte, wurde mir bewusst, dass ich das Buch fertigstellen wollte. Das wusste ich schon lange. Eine Sache hatte sich geändert. Der ständige Gedanke, anderen zeigen zu wollen was ich zustande bringen könne, verschwand! Wenn sie mich vorher nicht so sahen, mögen sie aus meinem Leben gehen. Ich muss niemandem etwas beweisen, ich helfe lediglich anderen. Ändern kann ich die Menschen nicht, aber versuchen ihnen die Augen zu öffnen, auch wenn Menschen aus meiner Vergangenheit ein Anteil dessen sind.

Diese plötzliche Erleichterung! Das war der Knackpunkt des schlechten Gewissens, dieses Buch fertigzustellen und zu veröffentlichen.

Nachdem ich mich endlich von diesem elenden Gedanken gelöst hatte, verstand ich erst die Worte, die ich einmal sprach und schon längst aufgeschrieben hatte.

Als ich gerade aus der Tür gehen wollte, fing mein Telefon an zu klingeln. Es war die Heimleiterin, welche ich als sehr sympathische und liebevolle Person kennenlernen durfte. Der Job war mir sicher. Schöner hätte der Tag nicht beginnen können! Heute war ein guter Tag! Es ist schlimm zu denken, dass wenn der Tag nicht so verläuft wie geplant, er gleich ins Negative gerissen wird! Das entspricht aber nicht der Wahrheit, denn unsere Emotionen können wir durch so vieles erheitern. Immer um schlechte Tage herumzukommen, das scheint unmöglich, aber niemals kampflos aufgeben!

Ich rief Jay mit einem ziemlich hektischen Unterton an. Er ahnte schon, dass etwas im Busch sein müsse. Ich wusste, innerhalb 10 Minuten würde er vor meiner Tür stehen.

Das Einzige, was ich in diesen 10 Minuten fabriziert hatte, war auf und abzugehen und nachzudenken, ob ich ihm von meiner Therapie erzählen würde. Es war ein Pflichtgefühl, doch ich wusste, wenn ich dies tue, wäre ich für solch eine Offenbarung noch nicht bereit gewesen, das ärgerte mich. Mir nichts, dir nichts stand Jay vor meiner Tür. Ein breites Lächeln formte sich über mein komplettes Gesicht. Meine vorherigen Sorgen waren nicht mehr ansatzweise zu spüren. Unerlässlicher Weise konnte ich es ihm nicht vorenthalten, dass ich trotz Schule einen Job in einem Kinderheim bekommen hatte. Die Therapie hatte ich verschwiegen. Aus zu viel Angst und Scharm resultierte ein verstummtes Ich.

Anstatt die Frage zu stellen, ob wir uns noch ständig sehen würden, freute er sich für mich, da er wusste, dass es mein Herz erfüllte. Er lebte mit der Tatsache, dass wir uns nur noch halb so viel zu sehen bekamen. So eine verständnisvolle Art sollte jeder in sich tragen. Absolut plausibel.

Für heute hatte ich kein romantisches Dinner vorgesehen, aber etwas viel Besseres. Ich zeigte ihm meine damalig zukünftige Arbeitsstelle. Für manche mag das nun erschreckend klingen, dass ich es bedeutsamer nannte als ein romantisches Dinner. Aber was könnte schöner sein, als dem nachzugehen, was mir so das Herz erwärmte, dazu gehört nun das Kinderheim.

Als wir dort angekommen waren, äußerte er genau denselben Satz wie ich zuvor in seiner Abwesenheit.

„.... unglaublich, was für Hintergrundgeschichten/Lebensgeschichten sich hinter diesen Gemäuern befinden."

Minutenlang standen wir vor dieser Tür. Ich hatte mich inzwischen in seine Arme gelegt. Ich genoss diese Ausgeglichenheit, welche mir noch so fremd war. Ich erzählte von Pamela. Er schien beeindruckt, würde er auch von meinem verfassten Buch beeindruckt sein? Würde er es als völligen Schwachsinn empfinden? Inzwischen konnte ich ihn ganz gut einschätzen, so würde ich behaupten, dass er keine unüberlegten Aussagen in meiner Nähe tätigen würde. Weder von einem Menschen noch von einem Werk, würde er nicht das nötige Urteilsvermögen besitzen.

Wir genossen das Beisammensein schweigsam. Wenige Minuten später verließen wir die Straße, in der das Kinderheim stand. Auf dem Weg nach Hause lauschten wir einzig und allein

dem Vogelgezwitscher und den fahrenden Autos. Was in meinem Kopf schon wieder los war, konnte ich mir leider nicht erklären. So kreisten meine Gedanken um das Thema Zuversicht.

Manche Menschen mögen das Zeichnen, das Schreiben, das Verfassen motivierender Texte, den ständigen Klischees zu folgen oder auch die Zuversicht zuversichtlich sein zu können, kann man denn wirklich immer zuversichtlich sein? Realistisch sein, realistisch denken? In einem ganz bestimmten Betrachtungswinkel ist das Realistische bloß eine Form der Illusion, welche wir ins Leben gerufen haben, um uns irrationale Dinge logisch zu erklären. Ich dachte, ich könnte immer so weitermachen, doch bin ich am Ende, am Ende der Zuversicht? Das Schreiben, das Lesen, das Hören, das Singen und vieles andere zeichnet die Menschen aus. Das gefühlvolle miteinander umgehen, ist jedoch einfacher in Briefen niederzuschreiben und diese anschließend zu verschließen. Fakt ist, dass Worte eines Menschen unwiderruflich sind, egal ob man jemandem zum Lachen oder Weinen brachte. Ich zitterte.

Diesen Nachmittag würde ich ewig in Erinnerung behalten. Diese Kinder können lächeln, so kann ich das auch. Meine neue Motivationsquelle war klar.

Die Zuversicht zum richtigen Zeitpunkt am richtigen Ort gewesen zu sein.

Nächster Tag

Ich wusste, innerhalb zwei Tagen würde Christian wieder abreisen, so verblieben mir bloß zwei Tage, um mein Buch in Form zu bringen. Ausgerechnet ab diesem Zeitpunkt hatte ich eine Blockade. Ich wusste, ich könnte es mir nicht leisten, einen Tag lang so zu tun, als würde das Buch nicht existieren. Ein weiteres Treffen mit Christian stand bevor.

Ich bat Christian, mit mir an einen Ort zu fahren, wo er seine meiste Motivation erlangen konnte. Es versteht sich von selbst, dass ich innerhalb dieser Region gemeint habe. Dachte ich jedenfalls. Immer mehr Zweifel kamen auf, wer würde sich auf dieses amateurhaft verfasste Buch stürzen. Wie sehr ich diese Konflikte hasste!

Einfach etwas tun und zufrieden sein!

Das funktioniert nicht. Ab diesem Moment fiel mir meine neue Motivationsquelle ein. So rief ich mir diese ins Gedächtnis und versuchte alle meine Emotionen, welche ich in diesem Augenblick spürte, aufzuschreiben und kein Tabu zu setzen! Dieses Buch soll eine essenzielle Botschaft übermitteln,

LOVE IT, CHANGE IT, OR LEAVE IT!

- HENRY FORD

Dass mein Buch kein völliger Erfolg werden würde, dessen war ich mir bewusst, dieses Ziel setzte ich mir nie. Diese wichtige Information verlor ich manchmal aus den Augen. Zugegebenermaßen war ich auch kein bescheidener Denker, gibt es diese Leute überhaupt?

Diese Frage steht bis heute offen. Als Christian endlich antwortete und mich freudestrahlend Hals über Kopf vor meiner Haustür überraschte, verband er mir die Augen. Weshalb er das tat, das fragte ich mich auch. Aufgrund der Magie, welche ich spüren sollte und mit allen anderen Sinnesorganen wahrnehmen durfte, das war seine Antwort. Nach ca. einer Minute verstand ich, was er damit meinte. Sehen konnte ich jeden Tag, vergessen hatte ich das ab dem Zeitpunkt meiner Existenz. Sehen erschien mir als normal, doch so konnte ich nachvollziehen, wie es war, auch mit den restlichen Sinnesorganen hauptsächlich wahrzunehmen! Ich hörte das Wasser, spürte den Wind und roch die frischen Gebäcke. Die Fähigkeit des Sehens sah ich wieder als etwas Zauberhaftes an.

Plötzlich stoppten wir. Ich war enttäuscht, denn ich empfand die Fahrt als Entspannung, mitgenommen auf Abenteuer und du musstest nichts dafür geben, du warst einfach da. Langsam stieg ich aus dem Wagen, krallte mich an ihm fest, doch ich sollte loslassen! Loslassen von all den negativen Dingen, welche ich in meinem Leben erfahren musste. Loslassen und vertrauen!

Ich ließ los und vertraute ihm, dass er da war, um mich aufzufangen. Sofern mir etwas passieren würde. Er ist ein sehr guter Freund. Als er mir die Augenbinde abnahm, stand ich auf einer Terrasse, welche aus Marmor gefertigt wurde. Hoch oben auf einer Wiese. Welche von einem gigantischen See umringt war. Ein unbeschreibliches Gefühl brodelte in mir.

Es ist das Gefühl, meine Inspirationen erlangen zu können, ohne sich nur im Geringsten anstrengen zu müssen. Das ist das Schöne an der Kreativität! Voller Gänsehaut entfaltete ich meine Hände und Arme, um noch mehr von diesem Gefühl zu erlangen. Es ist wie eine Art Meditation, wie eine Art von Droge, ich brauche nie wieder auf Speed zu sein. Diese Art von Ausgeglichenheit, diese Art von Spaß, kannst du mit keiner Droge auf der Welt vergleichen.

Als Christians Hand langsam zu meiner Schulter glitt, fing ich an, die Kälte zu spüren. Die Körperwärme brachte mich zurück ins Hier und Jetzt. Meist sind die kleinen futuristischen Eindrücke das, was uns Menschen dazu bewegt, kreativ zu sein.

Ich war außerordentlich dankbar, dass er mich an diesen Ort geführt hatte. In all meiner Lebensfreude fing er mit seiner Skizzierung von mir an.

Mehr als ein paar Minuten konnte ich leider nicht aufbringen, denn ich wusste, dass ich dieses Buch fertigstellen wollte, um jeden Preis. Die Arbeit steht vor dem Vergnügen, das Vergnügen war in dieser Arbeit jedoch integriert. Abgesehen von dieser Tatsache, war morgen mein erster Arbeitstag! Ich war zu aufgeregt, um stillzustehen. Mein Weg führte zurück an meinen Schreibtisch.

Denn genau mit so einer Einstellung an Lebenslust wollte ich mein Buch beenden.

Vierter Gong.

Ich öffnete die Augen und wusste sie würden strahlen. Schnell ins Bad, die Haare kämmen, die Zähne putzen, das Gesicht mit Wasser nass spritzen, alles ritualisiert, aber doch fremd. Es fiel mir nicht schwer, aus dem Bett aufzustehen wie normalerweise, es war eher so als wäre ich leicht wie eine Feder, die vom Winde getragen wurde.

Voller Vorfreude auf den bevorstehenden Tag setzte ich meine Kopfhörer auf und lauschte den Klängen von „Perfect Day" (Hoku) - kein Song hätte besser passen können. Mit jedem Schritt, dem ich mich meiner Zukunft näherte, näherte ich mich der Nervosität. Keine Zeit!

Zwei Straßen rechts, die Straße hinunter, eine Straße links, das dritte Haus. Auf 3 würde ich schellen und der Furcht entgegenwirken.

1...   2 ...   3!

Herzlichst wurde ich gebeten einzutreten. Mir schlotterten die Knie, doch als ich sah wie glücklich die Kinder mit ihren Sachen spielten, erwärmte mir dies mein Herz. Zuallererst gab es eine kleine Rundführung, ich entdeckte das Badezimmer, die Schlafplätze, die Küche, den Aufenthaltsbereich, die kleine Bibliothek, den Speisesaal und noch vieles mehr. So viele Eindrücke konnte ich nicht auf einmal verarbeiten. Aber es war kein schlimmes Gefühl der Überforderung. Ich sah diese Eindrücke als fulminant an.

Meine genauen Aufgaben bestanden darin, ihnen Freude zu bereiten und beim Tischdecken zu helfen. Ich fühlte mich sehr wohl. An eine Sache werde ich mich ewig erinnern: Ein kleines Mädchen, welches schon in jungen Jahren aus Afrika aufgrund der Hungersnöte fliehen musste, kam zu mir und setzte sich auf meinen Schoß. Sie hatte so viel Vertrauen und lächelte ständig. Diese Begegnung ließ mich wissen, dass das, was ich tue, nicht nur das Richtige für andere, sondern auch für mich war.

Ich wusste, in dieser Umgebung sind die Kinder glücklich und konnten wohlbehalten aufwachsen. Die meisten erinnern sich nicht mehr an ihr Schicksal.

Das brauchen sie nun nicht mehr, denn das ist ihr Zuhause mit vielen Brüdern und vielen Schwestern. Es erschien wie eine große Familie und dieses Gefühl fühlte sich bekannt an. Der Tag verging wie im Flug und so war mein erster Arbeitstag vorüber.

Allmählich machte ich mir Sorgen, ob ich das Buch innerhalb eines verbleibenden Tages fertigstellen würde. Es war ein unfassbares Pflichtgefühl, das Buch in Rekordzeit abzuschließen.

Diesem Gefühl wollte ich keineswegs beipflichten. So entschloss ich, das Buch nach meinem Belieben fertigzustellen, sei es heute, sei es morgen, sei es erst in einem halben Jahr.

Unerwarteter Weise schrieb ich die ganze Nacht. Die Ideen sprudelten, so schaffte ich in einer Nacht 30 Seiten. Ich konnte guten Gewissens einschlafen, da ich wusste, ich hatte noch einen mir enorm wichtig erscheinenden Aspekt, auf das schon inzwischen alte Papier niedergeschrieben. Ohne Druck ließ sich besser arbeiten. Weise Gedankengänge kann man nicht erzwingen, es erfordert Erkenntnisse, welche man erst mit der Zeit im Leben sammeln muss.

Mit dem Wort G e d u l d kann ich mich bis heute noch nicht ganz anfreunden.

Ich wusste, Christian würde morgen abreisen, es war mir gewissermaßen gleichgültig, weil ich auch einen anderen Weg finden würde, mein Buch fertigzustellen. Auf der anderen Seite fing ich schon an ihn zu vermissen, bevor er überhaupt gegangen war. Er ist ein verdammt guter Freund! Jay hatte ich seit einer geraumen Zeit nicht mehr gesehen, das lag daran, dass er mit seinem Biologie-Kurs auf eine einwöchige Exkursion gefahren war. Er ist mein fester Freund! Tagelang habe ich versucht, die Sehnsucht zu unterdrücken. Aufgrund der vielen schönen Erlebnisse fiel es mir leichter, trotzdem war es schwer.

Ich schaffe das!

Morgen in der Frühe würde ich mich von Christian verabschieden. Der Kontakt besteht bis heute, das nennt sich wahre Freundschaft.

Zum Glück war Jay kein eifersüchtiger Kerl, sondern der Kerl, der mir vertraut. Wie leid es mir tat, ihm keine fertige Lektüre mitgeben zu können! Unendlich leid!

Ich wusste, ich hatte morgen Schule, doch das war mir egal. Ich schrieb voller Enttäuschung allerlei Blätter voll, welche ich in meiner Wohnung finden konnte. Selbst die Blätter, von denen ich bis heute behaupte, sie seien zu rau von der Struktur, um darauf schreiben zu können, hatte ich verwendet. Kaum zu glauben, denn ich mied dieses Papier wie ein Vampir die Sonne. Gefühlt habe ich mich abseits der Zivilisation zu einer Art illustrativ denkenden Person entwickelt. Nachdem ich bis 2 Uhr nachts durchgeschrieben hatte, gönnte ich mir einen Moment der Ruhe.

Es ist morgens! Verdammt!

Ich kam noch nie zu spät, ich wollte nicht damit anfangen. Also beschloss ich mich in Rekordzeit fertigzumachen! Ich musste zur Schule, arbeitete Teilzeit als Aufsichtsperson in einem Kinderheim und musste dann noch ein Buch fertigstellen. Alles in allem musste alles reibungslos funktionieren, um es in Rekordzeit zu schaffen. Die Nerven aber nicht zu verlieren, das sah ich als selbstverständlich an! Das erwies sich als großer Fehler! Denn nicht lang musste ich auf das erste Hindernis warten. Ich kam zu spät!

Ich bekam zwar keinen Ärger, aber insgeheim war ich von mir selbst enttäuscht. Heute weiß ich, dass es dafür absolut keinen Grund gab, denn nicht alles kann perfekt laufen. Wir verkalkulieren uns manchmal, aber lernen doppelt so schnell!

Doppelt so schnell wie sonst bin ich auch zum Kinderheim gerannt, um dort noch pünktlich anzukommen. Glücklicherweise ließ mich ein kleines Mädchen unbemerkt durch die Hintertür eintreten. Mir war natürlich bewusst, dass dies gegen die Regeln war. Trotzdem freute ich mich über die Tatsache, dass sie für mich schwieg und mich rein ließ. Im Grunde verlief meine Schicht wie ich es gewohnt war. In meiner Mittagspause beschloss ich, nicht meinen ursprünglichen Weg nach Hause zu gehen, sondern einfach direkt im Kinderheim zu bleiben und dies als Motivation zu nutzen, um weiter schreiben zu können.

Seite 100 hatte ich erreicht. In einer Stunde würde Christian schon am Flughafen sein, mein Buch war fertig! Ich hatte es geschafft, etwas geschafft, was ich als bedeutsam empfand. Ich hatte mir keinen Druck gemacht und es so in Rekordzeit fertiggestellt! Es war nicht mehr mein Ziel gewesen mein Buch noch vor Abreise definitiv abzuliefern. Selbstverständlich schaute ich auf die Uhr und verglich die Zeit. Ich hatte es durch den nun nicht mehr vorhandenen Druck gemeistert. Ich empfand das Gefühl, über die Straßen zu schweben! Der Gedanke an das Lächeln von Christian setzte sich fest.

NEUNTES KAPITEL

Wahrnehmung

Meine Tränen kullerten aus meinen Augen. Ich wollte nicht aufhören zu weinen, da es Freudentränen waren. Jetzt konnte ich nur noch hoffen, dass dem Verlag mein Buch gefällt und sie einverstanden wären es zu veröffentlichen. Ich erreichte Christian noch vor seiner Abreise, seine einzigen Worte waren, er wusste, dass ich es schaffen würde. So viel Herzblut hatte ich lange nicht mehr gespürt! Harte Arbeit zahlt sich aus! Nach ca. 2 Monaten bekam ich eine E-Mail worin stand, dass sie sich freuen würden, wenn eine Kooperation zustande käme. Ich sprang in die Luft! Unfassbar! Hätte mir jemand vor zwei Monaten gesagt, dass ich es bis hierher geschafft hätte, hätte ich ihn ganz klar zu meiner Therapeutin geschickt… nun nicht mehr.

In den vergangenen zwei Monaten hatte ich viel Zeit zum Nachdenken, ich wollte nicht mehr mit mir selber konkurrieren, meinen Maßstäben unbedingt gerecht werden. Ich lernte meine Dinge wertzuschätzen und mir eine Auszeit zu gönnen, welche nicht unmittelbar was mit Bequemlichkeit zu tun hatte. Schweren Herzens verließ ich das Kinderheim! Ein Traum zerplatzte. Die Wunden bluteten, doch ich wusste, dass es den Kindern gut geht und ich anderen mehr Hilfestellung leisten könne.

Nach drei weiteren vergangenen Monaten rief mich der Radiosender von meiner früheren Freundin Pamela Spires an und bat mir ein Angebot an, welches ich ihnen nicht abschlagen konnte! Ich bekam eine Stunde Sendezeit in ihrer Show, so hatte ich mich im Endeffekt bezüglich der damaligen Beschuldigung „sie würde ihre Sendezeit für hirnverbranntes, absolut unwichtiges Zeug vergeuden", getäuscht.

So fieberte ich dem Sendetermin sehnsüchtig entgegen. Alles war toll, alles war nett, doch am meisten beeindruckte mich Pamelas Interesse an meinem eigenen Buch! Die Sendung bekam einen eigenen Titel, nämlich:

„Entspannung spüren wir in unserer inneren Zufriedenheit, das bedeutet Entspannung! Ausgeglichenheit!"

In dieser einen Sendung hatte ich mehr Leute erreicht als ich mir je erträumt hätte. Und das schöne war, dass dies nicht das Ende war, nicht das Ende der Botschaften, welche ich an die Menschheit weitergeben darf. Mein Buch ist derzeit in jeder einzelnen Buchhandlung erhältlich und es wird regelmäßig gekauft. Eine schöne Bestätigung dafür, dass ich das Buch aus den wichtigsten Gründen verfasst hatte.

Mittlerweile bin ich 27 Jahre alt und verbringe die meiste Zeit in einer psychiatrischen Einrichtung für Kinder und Jugendliche. Es ist unglaublich schön, die Kinder und Jugendlichen täglich zum Lächeln zu bringen! Das ist es, warum ich meinen Job liebe! Dieses Gefühl war dem gleichzustellen, zur richtigen Zeit am richtigen Ort.

ZEHNTES KAPITEL

Resultat

Ich empfand es nicht mehr als wichtig was damals passierte, was damals passiert ist, denn ich lebe in der Zukunft und in dieser konzentrierte ich mich darauf, anderen Leuten etwas Gutes zu tun! Dr. Sullvran war damals eine unfassbare Inspiration! Hiermit möchte ich ihr für alles danken, was sie für andere getan hat! Danke, dass Sie diesen Beruf erlernt haben! Danke, dass Sie so gutherzig sind! Danken für die Lichtblicke in meinem Leben!

Geschehen ist was geschehen! Macbeth!

Das alles wurde in der Abendsendung thematisiert.

Ich spreche zu den Kindern:

„Schwere Steine musste ich aus dem Weg räumen. Unterstützung sehe ich dabei nicht als

Anzeichen von Schwäche, sondern als ein Zeichen der Stärke, woher kann man spüren stark genug zu sein, dass man Hilfe benötigt? Wenn man clever und stark genug ist zu merken, wann man welche braucht, und diese dankbar in Anspruch nimmt!

A Million Dreams – P!nk

Ihr müsst euch darüber bewusst werden etwas verändern zu wollen! Dafür kämpfen, über Steine stolpern dürfen und nicht zu vergessen, diese aus dem Weg zu räumen und all die Positivität, welche ihr in euch tragt in gute Dinge umsetzen! Glücklich sein, für andere etwas Gutes tun zu können! Sich selbst glücklich zu stimmen, um anderen zur Seite stehen zu dürfen. Sich von elenden Gedanken und Missgunst lösen, um herausfinden zu können, was es bedeutet ausgeglichen und ein glückliches Leben zu führen. Die Liebe, das Leben in vollen Zügen genießen, löst euch von allen Gedanken, welche euch aufhalten in einer wundervollen Welt, mit wundervollen Menschen und enorm viel Liebe, welche ihr gebt, aber gleichzeitig zurückbekommt, zu leben."

Erst nach vergangenen Jahren fing ich an zu verstehen, warum Christian sich verhalten hat, wie er sich vor Abreise seinerseits, damals verhielt. Bevor ich wusste das Christian noch da war, war ich nicht am Boden zerstört gewesen, wenn er das Exemplar meiner Geschichte nicht mehr vor seiner Abreise erhalten hätte.

Mit meinem Buch, wofür ich mittlerweile sehr viel Lob kassierte, war ich nach wie vor nicht zufrieden, es ist in Ordnung.

Exakt diese Erkenntnis erlangte ich! Konnte ich mich mit dieser zufrieden geben? Zum heutigen

Zeitpunkt weiß ich, dass ich das kann. Ich habe das Buch aus richtigen Gründen verfasst, und mit richtiger Illusion versucht anderen die Welt durch meine Augen zu zeigen. Das ist mir gelungen. Was würde ich mir mehr wünschen! Eine Sache macht mich stutzig, ich hatte nie das Gefühl genug getan zu haben!

Nun hier sein zu dürfen, auf der Erde, in der Stadt, in der Straße in der psychologischen Einrichtung für Kinder und Jugendliche macht mich glücklich! Kannst du glauben? Kannst du auf deine Fähigkeiten vertrauen? Kannst du jemals zufrieden sein? Diese Elementfragen verbanne ich aus meinem Gedächtnis.

Zitat aus der Abendsendung:

„Ich hoffe ein gutes Vorbild zu sein und anderen Menschen so viel Kraft geben zu dürfen, dass sie meine Erkenntnisse als ihre annehmen können. Dass sie meine Realität sehen!"

"Wir leben in einer Welt, die wir selbst gestalten können!"

- *P!nk*

Bis heute kann ich nicht fassen, in was für einer Verfassung ich war, wie ich gewachsen bin!

Das war mein Grund! Mein Grund zum Leben, anderen die Augen zu öffnen, als wären meine ihre, mein Grund dieses Buch zu verfassen!

„Dass ich nun hier in einem so engen Kreise bei euch sitzen darf liebe Kinder, verschafft mir die Ehre zu glauben, dass ich in der Lage bin euch betreuen zu dürfen! Ich hoffe aus all meinen Geschichten, meinen Hindernissen aus meinem Leben, könnt ihr eure Lebenserfahrung in der Lebensfreude wiederfinden."

Mit vollem Herzen und kaum aufzuhaltender Leidenschaft, so zu den Kindern zu sprechen, fange ich gerade erst an zu realisieren. Den Jugendlichen ein Licht zu geben, in ihrem jungen Leben! Sie verstanden meine Denkweise über meine Ratschläge! Ich könnte nicht stolzer auf die Kinder sein. Tag ein, Tag aus, Kinder gehen und kommen, meine Ratschläge bleiben, meine Liebe bleibt, die Vorbildfunktion verleugnen? Nein! Ich bin gerne eine Inspiration, aber nicht der Grund, warum die Kinder geheilt wurden oder gelernt haben mit ihren Krankheiten zu leben!

Das ist ihr Verdienst!

Mit Tränen in den Augen, sprach ich mit den verschiedensten Kindern in einer Runde! Ich konnte dabei zusehen, wie Kinder, die sich jahrelang verschlossen, aufgeschlossen und in unser wunderschönes Gespräch mit eintauchten!

Die Kinder und Jugendlichen vereinbarten mit mir freiwillig nach jeder einzelnen Gruppensitzung ein bestimmtes Ritual. Was uns daran erinnern sollte, was wir doch alles geschafft haben! Was wir noch schaffen werden!

Ich sah es als eine gute Idee an, zum einen um die Situation aufzulockern, das Vertrauen stärkte und da es uns in einigen Träumen der Zufriedenheit zusammenschweißte.

Nach jeder Gruppensitzung sangen wir gemeinsam die erste Strophe des Liedes:

„A Million Dreams"

Von P!nk!

Denken und Empfinden sind von Natur aus verschieden! So sagte schon Aristoteles, doch das Empfinden, das Lied als Entlastung zu nutzen, fieberten wir sehnsüchtig entgegen.

Besonders prägten mich diese Worte: „Es zeichnet einen gebildeten Geist aus, sich mit jenem Grad an Genauigkeit zufrieden zu geben, den die Natur der Dinge zulässt, und nicht dort Exaktheit zu suchen, wo nur Annäherung möglich ist!" – Aristoteles

Denn ebenso ist es wichtig akzeptieren zu lernen, dass Annäherung der erste Schritt zur Besserung ist. Die Exaktheit nach einem 100-prozentigen Einsatz unsererseits zu suchen, lässt uns wieder zweifeln. Der Tag zum Ausruhen muss gegeben sein! Dass die Tüchtigkeit folgen kann.

Weise Worte ich versuche zu behalten, immer versuche in meinem Leben umzusetzen!

Das Lächeln der Kinder und Jugendlichen gib mir eine meiner stärksten Bestätigungen, dass ich es nicht ertragen würde, heute an einem anderen Ort zu sein!

Allmählich verstehe ich, was es bedeutet, sich in Geduld üben zu müssen. So, so lang ist es her. So unendlich lang, dass ein Teil meinerseits glaubt zu wissen, dass dieser Teil meiner Geschichte nicht demjenigen zugestoßen ist, welcher nun offen und zugegebenermaßen kompetent dazu erscheint, andere nun betreuen zu dürfen.

Fragwürdig sei immer noch was andere von mir denken mögen, was andere über meine Ausführung des Lebens zu denken wussten. Normalitäten, wir schienen diese in allerlei Hinsicht schon studiert zu haben. Doch lasset euch dies gesagt sein, nicht als Autoritätsperson, nicht als Freund, nicht als normaler Bürger, sondern als ein vormals psychisch labiles junges Mädchen. In Form des folgenden Gedichtes.

„Bildet euch eure Meinung!"

Manipulations-Prozess

Unser Wesen selbst ist noch sehr ausstrahlungsorientiert.

Wir sehen das eigentlich Unentdeckte, gegenüber der Außenwelt,

als abnormale wiedergegebene Perspektive von perfekten Auffassungen allseits an.

Die entscheidende Situation, erschreckend verlieren wir die eigene Person,

die hier den klaren Durchblick besitzt.

Unseren inneren Kritiker.

Anstelle vorbildlichen Verhaltens streben wir auf unser Äußeres,

übersehen was mit unserem Realitätsgeschehen geschieht.

Andere zu täuschen, befriedigt uns nicht.

Dem strengsten Kritiker bieten wir die Stirn!

Die strukturelle, zeitgleich skurrile Präzision des Appells gilt nun nicht mehr als Manipulation.

Der Energieaufwand unterscheidet sich nicht dem, unserer Wunschvorstellung.

Wunschvorstellungen sollten dies nicht bleiben.

Sehen als Anreiz, dies in die Realität zu setzen!

Die häufigsten Fehler liegen dem zugrunde, dass die eigentlich plausible Erklärung zu simpel ist, um unserem inneren Kritiker zu überzeugen.

Den Kritiker anhand logischen Denkprozessen vom Gegenteil zu überzeugen, dass sehe ich als Kunst."

Lasst euch dies von einem kleinen Mädchen gesagt sein. Sofern ich eins dazu gelernt habe, ist es wirklich zu schätzen, was ich liebe! In allerlei Hinsicht, so spreche ich nicht nur von meinem derzeitigen Verlobten, Jay Doran, sondern ebenfalls von all den wunderschönen Gegebenheiten in unserem natürlichen Umfeld, so der Natur. Beschränkt euch nicht nur auf die Dinge, welche ihr glaubt, nicht perfekt zu beherrschen.

Vergesst niemals, dass dies im Auge der Betrachter liegt. Eures ist nur eines von vielen! Stolze Stunden schaffen meine Klienten nun. Ohne Selbstverletzung, ohne die Makel an sich selbst zu sehen. Es wird weniger werden, noch weniger als zuvor.

Zu verdanken haben sie dies nicht mir, sondern ihrem Ehrgeiz. Ich lerne sehr viel von ihnen. So viel, dass ich bereit bin, ein neues Buch zu schreiben. Das dieses nun mehr Seiten aufbringen würde, das wusste ich!

Dies ist ermöglicht. Jeden Tag, wenn wir lächeln, wissen wir, dass die Sonne aufgeht. Vielleicht nicht bei uns, vielleicht nicht beim Freund, vielleicht auf der anderen Seite der Welt. Hingabe und Leidenschaft können wie sowohl am heutigen Tage als auch am heutigen Tage in zwei Jahren neu erlernen.

Der Verlauf zum Erlernen ist harte Arbeit, das Resultat, die erfolgreichste Pille, welche meine Wenigkeit je probiert hatte zu schlucken.

Unerlässlich müssen diese Worte meinen Mund verlassen, sofern ich diese Lebenserfahrung mit euch teilen darf, bin ich dazu verpflichtet in allerlei Hinsicht diese Wortwahl zu wählen:

„Lebt in der Liebe!

Liebt im Leben!

Lernt zu lieben!

Lernt im Leben,

die Liebe zu lieben!"

Herzergreifend wünsche ich mir, dass ihr die Worte so versteht, wie ihr verstanden habt, dem klaren Denkprozessen der Liebe kein Ende zu setzen.

ELFTES KAPITEL

Obsolet

Nun denn,

eine weitere Woche vergangen. Wieder einmal nichts bereut und glücklich in den Tag gestartet, anderen einen wundervollen Ratschlag geben zu dürfen. Mit ihnen zu kämpfen, mit ihnen zu leiden, mit ihnen den Willen des Besseren zu erlangen. Ich genieße es, tagtäglich etwas Gutes vollführen zu können. Ich lege allen ans Herz, sich nicht nur auf die relevanten Fakten und das äußerste Wissen zu reduzieren, sondern guten Gewissens den Leuten, welche „Probleme" haben die Hand zu reichen.

Sofern sie noch nicht bereit sind die Hilfe anzunehmen, legen sie deine Hand so lange beiseite, bis sie es sind. Meine Hand bleibt da! Ich warte! Geduld, das Zauberwort meiner Jugend. Jeder Klient ist individuell, so auch jede Sitzung, jedes Gespräch, jeder Ansatz der Behandlung. Ich kann nicht pauschal auf eine Möglichkeit beharren, wenn dies nicht dem Typ meines Klienten entspricht, probiere ich gerne etwas Neues aus.

Ich kann nicht davon ausgehen, dass ein veraltetes Wort, die neue Auffassung eines anderen wird. So kann ich ebenfalls nicht davon ausgehen, dass sich der Typ und die Individualität um 180 Grad wenden wird. Es brauchte seine Zeit, jeder braucht andere Zeitabstände, andere Anzahlen von Sitzungen, andere Anzahlen von Therapeuten. Jeder hat ein Recht, meines Erachtens, auf die individuelle Behandlung. Dem ist dieses „einfache" Phänomen der Mathematik gleichzusetzen. 1 € und 1 €, ergibt so 2 €. Auch 1,10 € und 90 Cent ergibt 2 €. Das ist doch gar nicht so schwer.

Sofern der Weg unterschiedlich ist, aber das Resultat, so die Genesung erfolgreich, ist der

individuelle Weg völlig gleichgültig. Die 2 €
kommen zustande.

Die Verkäuferin/ Verkäufer ist glücklich.

Mittlerweile jahrelange Erfahrung, welche ich in
einem neuen Buch niederschreiben werde. Aufgeregt
wie beim ersten Mal. Unsicherheit besteht trotzdem,
trotz eines erfolgreichen Buches. Ich schätze, ohne
Aufregung wären wir nicht so selbstkritisch. Wäre
man nicht so selbstkritisch, würde man nicht in allen
Situationen sein bestmögliches erlangen wollen.
Hemmend ist dabei die falsche Einschätzung des
Maßstabes, welchen man sich setzt. Ich reflektiere
mein menschliches Verhalten ebenso, mich selbst
und die Welt, welche uns umgibt, besser zu
verstehen.

Der Mensch ist praktisch sein eigener
Wissenschaftler, welcher versucht sich die Welt zu

erklären. Dabei vergewissern wir uns in vielerlei Hinsicht durch die Beobachtung.

Schon morgen würde ich mich hinsetzen um an meinem neuen Meisterwerk sehnsüchtig das Herzblut, welches ich in diesem Moment empfand, zu Papier bringen. Ich reiche ihnen die Hand.

Ich warte bis sie so weit sind, respektiere jede einzelne Sekunde und gebe meinen Klienten zu verstehen, dass ich nicht sauer, sondern stolz auf jene von ihnen sei, welche sich entschlossen tapfer weiterzukämpfen.

Der erste Schritt beginnt nicht bei der ersten aktiven Gegenüberstellung der Angst, sondern beim realisieren Hilfe annehmen zu dürfen, so integriert ihr zwei Schritte in einem. Sie gehen aktiv dagegen an, realisieren das es keine Schande ist andere um Hilfe zu bitten, indem ihr diesen Schritt vollführt, schafft ihr den ersten Prozess, schafft ihr eurer Angst entgegenzuwirken. Unglaublich wie viele schon beim dritten Schritt angelangt sind!

Love it, change it or leave it!

\-   *Henry Ford*

Reflektion der letzten Tage, Reflektion der letzten Wochen, Reflektion der letzten Monate. Unfassbar, wir Menschen reflektieren möglichst viele kleine Details aus unserem Alltag. Doch ist uns dies bewusst? Nein, auf alle Fälle nein! Die Frage, ob wir alles und jede einzelne kleine Bedeutung deutlich und bewusst wahrnehmen sollten, lasse ich dahingestellt. Was ich definitiv nicht dahingestellt lassen möchte ist, dass wir alle diese Fähigkeit besitzen. Findet die Möglichkeit eure eigene

Bewusstheit im Unbewussten zu entdecken und mit zunehmender Zeit zu nutzen, um Situationen, welche uns gegebenenfalls negativ getriggert haben, besser zu analysieren.

Eine sehr große Inspiration meinerseits ist nach wie vor die Sängerin P!nk! Durch ihre Songs reflektiert sie nicht nur ihre eigenen Erlebnisse, sondern auch die, welche jemand Fremden noch bevorstehen. Ich schätze darum hat sie mich schon in meinen jungen Jahren begeistert. Durch ihre Hingabe, anderen einen Funken Licht in ihrem Leben zu geben. Ihre unglaubliche Reichweite, nutzt sie, um wichtige Lebensweisheiten Millionen von Menschen näher bringen zu können.

Ist dies nicht der Grund einer funktionellen Gesellschaft? Egal wie viele oder wie wenige gute Motivationen der ein oder andere erlangen konnte, das ist gleichgültig. Was nicht gleichgültig ist, ist die Tatsache diese Erkenntnis mit anderen zu teilen. Niemand kann mir erzählen, dass er nicht dieses Gefühl von völliger Freiheit, völliger Klarheit und völliger Unantastbarkeit in seinem Leben verspürt hat. Eine unfassbare große Motivation. Erinnert euch zurück an dieses wunderschöne Gefühl, dieser Elan welche euch dazu getrieben hat zu glauben, dass dieser Moment ein ganz besonderes sei. Wäre es nicht schön, dies anderen näher zu bringen? Ihr müsst nicht viel tun, einfach den Menschen auf der Straße ein Lächeln zuwerfen. Einfach sagen was ihr gerade empfindet. Nicht dem versuchen gerecht zu werden, was ihr denkt, was die Normengesellschaft als akzeptabel ansehen würde. Wie ihr glaubt, wie andere reagieren würden. Ihr seid nicht die anderen, ihr seid euer Diamant.

Vielleicht entwickelt sich daraus ein neuer Trend. Der neue Trend anderen helfen zu wollen. Dem alten Trend alles schwarz zu malen Lebewohl zu sagen. Der neue Trend anderen Hoffnung zu schenken!

ANHANG

Danksagung

Meinen Dank spreche ich hiermit all denen zu,
welche mich auf meinem jetzigen Lebensweg durch

ihr Dasein bereichern und durch ihre Herzlichkeit die dunklen Zeiten in meinem Leben glanzvoll erfüllen.

Ebenso möchte ich mich bei meiner ehemaligen SoWi Lehrerin bedanken, welche mich besonders als Einzelperson tatkräftig unterstützt hat. Sie stärkte mir stets den Rücken und gab mir wertvolle Denkanstöße bezüglich meiner weiteren Inspiration an das Schreiben. Besonders ihre herzliche Art faszinierte mich schon seit Anfang ihres Daseins in meinem Leben. Als ich ihr voller Vorfreude von meinem Vorhaben erzählte, sah sie mich nicht als unerfahrenes Mädchen, die aus einer Laune heraus ein Buch schreiben wollte – sie nahm mich ernst!

Meinen Freunden verdanke ich viele kleine Lacher, welche mich dazu animierten, viele Dinge nicht ganz so ernst zu nehmen. Vielen lieben Dank an dieser Stelle. Nicht unerwähnt sollte Christoph

K. bleiben. Er stand mir bei Fragen wie

selbstverständlich, bei. Tatkräftige Unterstützung

verdanke ich ihm. Wertvolle Denkanstöße konnte ich

so festhalten.

Ebenfalls verdanke ich einer guten Freundin, zu

der ich via Instagram Kontakt aufgenommen habe,

meinen Dank für wertvolle Informationen für dieses

Buch. Sie gab mir durch ihre Fürsorge innerhalb

ihres eignen Kinderheims die Inspiration für das

fiktive Kinderheim, welches auch hier in meinem

Buch erscheint. Dajana R. bestärkte mich in meinem

Vorhaben durch motivierende und aufschlussreiche

Erklärungen über das einzelne Geschehen im Alltag.

Thanks

Throughout most of the time I wrote this book, I listened to songs from P!nk. Right before I started writing, I listened to one of her songs called "A Million Dreams". This song alone inspired me a lot through the lyrics and its message. Right after that I started to do research regarding P!nk – her story and background information to her lyrics.

The time my cousin got her driving license, we drove around in her new car, listening to P!nk. At that moment I felt peaceful and at ease – I was inspired by her. Since that moment I saw P!nk as an strong and beautiful person - a role model for myself in my lifetime. She gave me a major part of the inspiration that was needed to write this book. I wanted to express my thanks to her personally through this! She is such a great role model for so many people – It is a dream to have such an effect on so many people.

THANK YOU P!NK

Nachwort

In meinen jungen Jahren habe ich schon viele Eindrücke sammeln dürfen. Diese umschließen sowohl gute als auch schlechte Erfahrungen.

Als ich noch ein kleines Mädchen war, setzte ich mir insgeheim das Ziel noch vor meinem 18. Lebensjahr ein Buch zu verfassen. Mit 17 Jahren ein Buch fertig zu stellen, dass viele Menschen berührt, vielen Menschen mehr Mut auf ihren Lebenswegen gibt.

All mein Wissen bis zum jetzigen Zeitpunkt möchte ich versuchen durch dieses Buch an die Menschheit weiterzugeben. Schon bevor ich anfing diese Lektüre zu verfassen, war mir bewusst, dass wenn ich von

100 Menschen einen eine Minute lang dazu animieren könnte positiv zu denken, mein Ziel erfüllt wäre.

Das Wesentliche, was ich versuche hiermit zum Ausdruck zu bringen, beschränkt sich auf ein einziges Wort: „Lebensfreude."

Mit viel Mut, Integrität und schönen Denkanstößen versuche ich unserer derzeitigen Gesellschaft die Liebe der vielen Menschen vor ihren Augen zu führen.

Der Inhalt basiert auf teilweise wirklichen Sätzen, welche ich meinem Alltag entnommen habe. Drei Personen dieser Lektüre sind aus realen Charakteren meines Alltages inspiriert.

Zum ersten trifft dies auf den Charakter Melissa MonTango zu.

Des Weiteren erweist sich ebenfalls der Charakter von Mrs. Bain als Inspiration aus meinem Alltag.

Zu guter Letzt ist Dr. Sullvran von einem sogenannten „real life character" inspiriert.

Hiermit möchte ich noch einmal gründlich zum Ausdruck bringen, dass die Geschichte nicht auf der Realität beruht, sondern frei erfunden ist. Die Charaktere tauchen so in meinem Alltag nicht auf, sie sind lediglich eine Vorlage zur Charakterisierung der einzelnen Personen.

Gedicht aus dem Buch

Falls silent in the living

Why she looks so sad?

Scars are deep under their skin.

Self-loathing longing deep inside yours -

Blood flows through your veins.

Positive smile,

Don't fool yourself,

You know you are good;

Denial in many cases.

Face the things despite your fear.

Where do you get the sources from?

Entirely in life

So I see you`re lifeless.

Deepness tears your memory apart

She proudly get through hours

I hear the silence as pain.

Positive life -

I want to give something to others,

Trying to be perfect in vain,

Perfect in the eye of millions of viewers.

One thing makes me strong:

I want to help others.

Can I accept that?

Learning to love myself

Share heart effusions

Let's dwell a little longer in this world.

The poetry was translated into English because I wanted more people to be able to understand it. I really appreciated the time I texted with Vanessa I. – it gave me so much strength. Mrs. Inn stands for the "cuteness" I wanted to include in my book.

MIX

Papier | Fördert
gute Waldnutzung

FSC® C083411

Zeitfracht Medien GmbH
Ferdinand-Jühlke-Straße 7
99095 Erfurt, Deutschland
produktsicherheit@kolibri360.de